怪盗四十面相

〔日〕江户川乱步　著

叶荣鼎　译

山东画报出版社

图书在版编目（CIP）数据

怪盗四十面相 /（日）江户川乱步著；叶荣鼎译. --济南：山东画报出版社, 2021.4（2023.3重印）
（江户川乱步全集·少年侦探团系列）
ISBN 978-7-5474-3867-1

Ⅰ.①怪… Ⅱ.①江… ②叶… Ⅲ.①儿童小说 - 侦探小说 - 日本 - 现代 Ⅳ.①I313.84

中国版本图书馆CIP数据核字（2021）第056661号

GUAIDAO SISHIMIANXIANG

怪盗四十面相
〔日〕江户川乱步 著　叶荣鼎 译

责任编辑 怀志霄
装帧设计 Pallaksch

出 版 人 李文波
主管单位 山东出版传媒股份有限公司
出版发行 山东画报出版社
　　社　　址　济南市市中区英雄山路189号B座　邮编 250002
　　电　　话　总编室（0531）82098472
　　　　　　　市场部（0531）82098479　82098476（传真）
　　网　　址　http://www.hbcbs.com.cn
　　电子信箱　hbcb@sdpress.com.cn
印　　刷 山东新华印务有限公司
规　　格 787毫米×1092毫米　1/32
　　　　　　5.25印张　74千字
版　　次 2021年4月第1版
印　　次 2023年3月第2次印刷
书　　号 ISBN 978-7-5474-3867-1
定　　价 28.00元

如有印装质量问题，请与出版社总编室联系更换。

译者序

　　红极一时的日本动漫《名侦探柯南》的作者漫画家青山刚昌，孩提时代曾是江户川乱步的超级追星族，他笔下的主人公江户川柯南的姓就取自日本推理文学鼻祖江户川乱步，名则取自英国的柯南·道尔。

　　日本作家历来都有用笔名的传统，江户川乱步本名平井太郎，早年就读于早稻田大学经济学专业，江户川就在早稻田大学旁边。巧合的是，"江户川"的日式英语发音"edogawa（爱多嘎娃）"，与"Edgar a-（埃德加·爱）"的发音极其相似；

"乱步"的日式英语发音"ranpo（兰波）"，与"llan Poe（伦·坡）"的发音又十分相近，故而决定以"江户川乱步"为笔名。从此，这个名字陪他度过了四十年推理文学创作生涯，也成为日本推理文学史上不可逾越的高峰。

1923年，乱步在《新青年》杂志上发表处女作《二钱铜币》，引发轰动。当时的编者按这样写道："我们经常这样说，《新青年》杂志上总有一天将刊登本国作者创作的侦探小说，并且远远高于欧美侦探小说的创作水平。今天，我们终于盼来了这一兴奋时刻。《二钱铜币》果然不负众望，博采外国作品之长，水平遥遥领先于外国名作。我们深信，广大读者看了这篇小说后一定会深以为然，拍案叫绝。作者是谁？是首位登上日本侦探文坛的江户川乱步。"

1925年，乱步发表小说《D坂杀人事件》，成功塑造了日本推理文学史上的第一位名侦探——明智小五郎。其后，他又陆续创作了《怪盗二十面相》《少年侦探团》等脍炙人口的作品，其中的"怪盗二十面相""少年侦探团"等角色已经突破了类型文学的束缚，成为世界文学史上的典型形象，先后多次被搬上各种舞台，改编成各种各样的影视、动漫作品。

第二次世界大战爆发后，江户川乱步因作品被禁止出版，投笔抗议，公开发表《作者的话》："我撰写的小说主要是把侦探、推理、探险、幻想和魔术结合在一起，让读者富有想象力和创造力。人类必须怀有伟大的梦想，经过不断的努力，才会创造出伟大的时代。没有梦想，没有幻想，就没有科学。历史已经证明，科学的进步多取决于天才的幻想和不懈努力。科学进步了，人民才会过上好日子。可是今天的战争，毁掉了科学，毁掉了人民的梦想，日本人民将会被一个不剩地当作炮灰，却还是避免不了失败的结局。"

1947年，日本侦探作家俱乐部成立，乱步被推举为主席。俱乐部在1963年改组为日本推理作家协会，至今仍是日本最权威的推理作家机构。1954年，乱步在六十大寿之际，个人出资100万日元，设立"江户川乱步奖"，用以激励年轻作家。在之后的半个多世纪里，以东野圭吾为代表的一大批优秀的日本推理文学作家通过这个奖项脱颖而出，他们的成绩也使得"江户川乱步奖"成为日本推理文坛最权威的大奖。

1961年，为表彰乱步在推理文学界的杰出贡献，日本政府为其颁发"紫绶褒勋章"（授予学术、艺术、运动领域中贡献卓著的人）。1965年，乱步突发脑出血去世，获赠正五位勋三等瑞宝章。为纪念乱步，名张市建有"江户川乱步纪念碑"与"江户川乱步纪念馆"，丰岛区设有"江户川乱步文学馆"，供日本与世界的爱好者与学者瞻仰和研究。

《江户川乱步全集》作为乱步作品之集大成者，先后出版了多个版本，加印数十次，总印数超过一亿册，迄今已有英、法、德、俄、中五大语种版本问世。衷心希望诸位读者能够通过这一版的中文译本，回望日本推理文学的滥觞，领略一代文学大家的风采。

是为序。

2021年元旦于上海虹桥东华美寓所

目　录

二十面相更名

透明怪人案件侦破后，经过大侦探明智小五郎的辨认，主犯就是二十面相。为进一步调查取证，警方将犯罪嫌疑人二十面相羁押在了东京警视厅的拘留所里。由于二十面相此前已经多次成功越狱，为了防止他故技重施，这次他被关进了单人牢房，看守的狱警也比平时多了一倍。

当人们得知案件真相后，街头巷尾一片哗然。各大媒体都详尽报道了透明怪人落入法网的经过。二十面相再一次成为人们茶余饭后的热门话题。

明智小五郎因其智勇双全的表现人气再度高

涨，就连西方的报纸也不吝赞美之词，将其奉为日本的福尔摩斯。甚至有两家大型电影公司不惜花费巨资，准备把透明怪人一案搬上银幕。据说日比谷与浅草的两家剧院也正在排演有关透明怪人的舞台剧。

然而就在二十面相被警方羁押的第五天，东京一家颇有影响的报纸在醒目位置刊登了这样一则消息："更名'四十面相'，扬言卷土重来。"整个东京顿时舆论哗然。

报社收到的信封上的邮戳时间是前一天下午两点。被关押在东京I拘留所的二十面相到底是怎么在如此严密的看守之下把信寄出来的呢？拘留所的狱警对此一无所知，二十面相本人则大言不惭："我可是大魔术师，只是在你们眼皮子底下寄封信而已，对我来说根本是小菜一碟。"

公开信内容如下：

我虽然败给了明智小五郎，可并不意味着我彻底认输。再过一段时间，我必将东山再起，卷土重来。对我这个大魔术师来说，无论牢门多么厚实，手铐多么坚固，都不过形同虚设而已。只要我想离开拘留所，随时都行。

在越狱之前，我有一件重要的事情需要向社会各界声明，过去，人们都称呼我为"二十面相"，对此我很不满意，难道我只有二十种脸谱吗？即使加倍都不止！我至少有四十种完全不同的脸谱。因此从现在起，希望大家叫我"四十面相"。这也可以视为我的一次全面升级，以此为契机，我将于近日干一番轰轰烈烈的大事业，这将是我从未涉猎过的全新领域。当然，还是先礼后兵的老规矩，我会事先打招呼，书面通知的。

四十面相

不用说，这封公开信在社会上引起了轩然大波，其中最为震惊的还是I拘留所的所长。一个囚犯，怎么能从戒备森严的拘留所寄出这样一封信件，而且是在自己负责的拘留所，这简直闻所未闻，绝对不能容忍。这不仅关系到I拘留所的声誉，甚至影响到了东京警视厅和东京检察厅的执法声誉。

　　I拘留所所长狠狠训斥了那天当班的看守狱警，组织专门人员调查这封信从拘留所送到邮局的渠道，但长达一个星期的调查没有找到任何线索，实在是匪夷所思。

　　为杜绝类似事件再次发生，I拘留所的单人牢房门口增加了岗哨。可两天后，同一家报社又刊登出了四十面相的第二封信，这回是一封预告信，耸人听闻的标题是："四十面相的新事业，黄金骷髅的秘密！"

　　被羁押在拘留所里的四十面相再一次成功寄出了信件，这不仅轰动了I拘留所，而且惊动了东京警视厅。他到底采用什么方法将信寄到报社的？警方还是一筹莫展。

　　衷心感谢贵报刊登我的第一封信。现在我再寄出第二封信，敬请予以刊登。第一封信上，我曾经说过将着手崭新的大事业，谨向贵报各位读者透露新事业的部分内容。我的新事业就是揭开黄金骷髅的秘密。事关机密，恕我只能点到为止。我深信，该秘密一旦公开，将震撼全日本乃至整个世界。特此预告。

为此，我首先要尽快离开I拘留所，应该就在近日，届时我将轻松离开这里。最后，谨祝各位读者身体安康。

四十面相

好大的口气，简直是信口开河！一个被羁押在严密看守的拘留所里的罪犯，怎么可能轻松逃脱。

这封信一经见报，就在社会上投下了一枚重磅炸弹。拘留所的全体警官义愤填膺，士气高涨，发誓绝不让四十面相的越狱计划得逞。为此，四十面相的单人牢房外又一次增加了警力，从每班两名增加到五名，二十四小时日夜不停地巡逻。

四十面相竟然预告自己将要越狱，导致警方加强防范，从而陷入了被动，岂非作茧自缚？但事后回想起来，这实在是四十面相极其高明的策略。他向报社投稿当然不只是为了简单的自我吹嘘，而是混淆视听的烟幕弹。

律师的帽子

就在报纸刊登四十面相的第二封公开信的第二天，东京检察厅负责透明怪人案件的木下检察官给I拘留所所长打来电话。

"明智马上到您那儿提审四十面相，请多多关照。"

所长听说明智要来，如释重负，一直悬着的心总算放了下来。在四十面相扬言越狱的节骨眼上，大侦探亲临拘留所提审罪犯，真是求之不得。

挂上电话后不久，明智就驾车来到了拘留所大门口。所长恭恭敬敬地在前面带路，将他请到了自己的办公室。

"其实，我早就想恭请先生大驾光临。四十面相这家伙太不安分了。也不知他用了什么办法，竟然将信从监管严密的单人牢房送到了邮局，实在让人摸不着头脑。我左思右想，天底下能揭开这一秘密的，只有您了。"

"我也是为这事来的。这一次来，是受木下检察官的委托。慎重起见，我带来了法院颁发的会见许可证。请您过目。能否让我马上提审四十面相？也许在审讯过程中可以发现一些重要的线索。"

所长就等着明智这么说，忙不迭地答道："好，那就拜托您了！无论如何我都必须阻止他越狱，请您一定要帮帮我。"

所长说完，喊来看守长，吩咐他陪同明智前往，并叮嘱他提供方便。看守长走在前面带路，明智跟在后面，朝关押二十面相的单人牢房走去。

一般来说，提审必须把犯人带到审讯室，可四十面相曾经多次成功越狱，让他离开单人牢房一步都十分危险，为此，拘留所特别规定，提审四十面相必须在单人牢房里进行。

在单人牢房门前，五个腰佩手枪的看守一脸严肃。看守长命令其中一人打开牢门。

门开了，明智对看守长说："我想单独提审，能不能请看守们稍稍离开一点？"

"是。我们都到走廊尽头等您。"

于是，看守长与其他五个看守离开牢房门口，退到走廊尽头，明智独自一人走进牢房，将门轻轻关上。

单人牢房里，两个冤家对头——明智小五郎与四十面相的交锋开始了。

看守长吩咐大家密切关注牢房内的动静，一旦发现异常，立即冲进去为明智解围。可牢房里两人似乎压低了声音，只能偶尔听到几句断断续续的对话。

大约二十分钟后，牢门开了，明智笑呵呵地出现在走廊上。

"好了，请关门上锁。"

五个看守回到牢门前的各自岗位。其中一个看守推开牢门核实，确认四十面相确实在里面之后才关门上锁。

明智和看守长一起返回所长室，坐在翘首以待的所长对面的座位上，说起了刚才的提审经过。

"四十面相送信到邮局的秘密，我已经清楚了。辩护律师是他的共犯。"

所长听后，一脸诧异。

"什么，辩护律师？他的辩护律师是铃木君。铃木君与我也是老相识、好朋友，我了解他，他一向秉公办案，绝不会干那种违法勾当。您不会是搞错了吧？"

"不会的，但铃木律师不是故意的。他带信出去的时候，自己一点也不清楚。四十面相成功地仿效仿了亚森·罗宾的惯用伎俩。

"试想，无论何时都可以与犯罪嫌疑人会面的，只有辩护律师。而犯罪嫌疑人只要提出与辩护律师见面，不管什么时候都行。并且，唯独辩护律师与犯罪嫌疑人会面的时候，不需要看守监视，可以单独会谈。四十面相就是利用了这一点。

"听说，铃木律师平时出门习惯戴一项呢帽。

还有，在与当事人谈话时，习惯摘下呢帽放在桌上。四十面相就是趁铃木律师不注意的时候，把手伸进呢帽内侧，将折叠得很小的纸片塞进了呢帽里的沿条后面。

"谈话结束后，铃木律师便戴上那顶帽子回到自己的事务所。那纸张很薄，字写得很小，铃木律师不可能发现。而他的助手则是四十面相的手下。他会趁铃木律师不注意的时候，取出藏在帽子里的那张纸。

"铃木律师的助手每每需要传递信息给四十面相的时候，用的也是这个方法。铃木律师的帽子，无意中扮演了邮递员的角色。"

所长与看守长闻言大惊失色，半晌连话也不会说了。

"没想到这家伙无孔不入，竟然在铃木律师的帽子上打主意。快通知铃木律师，请他通知警方把他的助手抓起来。明智先生，这些都是他自己坦白的？"

"是的，我跟四十面相算得上老相识了，对他的所有把戏都一清二楚。我判断出他是在模仿亚森·罗宾后，便突然问道，'是那顶帽子吧'，他先是一愣，尔后尴尬地点点头苦笑起来。即便是罪犯，到了四十面相这种层次，也不会再百般抵赖，抵死不认了。"

明智说完，所长连忙站起来，连连鞠躬致谢。

"谢谢，多亏您为我们查明了四十面相的秘密通信渠道。明智先生，根据现在配备的看守人数和监视网络，四十面相还有可能再次越狱成功吗？我担心，他会不会还有其他意想不到的把戏？"

"这，我可一时说不上来。法国的亚森·罗宾曾经多次成功越狱，四十面相也许会仿效他的越狱手法。"

"那是什么样的手法？能否作为参考说出来让我们听听。无论如何，绝对不允许四十面相在我辖下的拘留所越狱！"

"那好，我稍后派人把亚森·罗宾的传记送来，书中详细介绍了他成功越狱的案例。只要看过那本书，就什么都明白了。"

明智说完，嘴角浮现出一抹莫名其妙的微笑。

少年侦探

　　所长和看守长一直把明智送到拘留所大门口，明智坐进了停在门口的汽车里。

　　在后排座位上，躺着一个十四五岁的少年。他身穿茶色毛衣，头帽小鸭舌帽，脸上净是东一块西一块的油污，醒醒极了，可模样长得挺活泼可爱的。

　　汽车如离弦之箭飞驰而去，但令人不解的是，去往的方向与明智侦探事务所的方向恰恰相反。车驶到日比谷的十字路口，右转后朝有乐町方向驶去，片刻之后，停在了世界剧场的后台门口。

明智下车后，犹如回到自己的事务所，大步流星地走进了世界剧场的后台。那名少年也跟在他身后。

走上两步台阶后，左手边有一扇门。门上方挂着"村上时雄"的名牌。明智敲了一下房门，门开了。门里边探出一个青年演员的头，一见来人急忙鞠躬行礼："您回来了。"

明智来到剧场后台，还有人问候"您回来了"，这多少让人感到困惑不解。更令人感到奇怪的是，他一走进村上时雄的房间，立即坐到梳妆台前，面对镜子梳理起头发来。那个青年演员则很有礼貌地把茶端到明智跟前的梳妆台上。

明智一边喝茶一边说："终于赶上了，离出场还有多少时间？"

"还有十分钟。"

"好，衣服就不用换了。把剧本给我拿来，我打算稍稍改一下台词。"

他接过青年演员递上的剧本，专心致志地看了起来。

这是怎么回事？著名大侦探明智小五郎怎么会坐在梳妆台前看剧本？只要各位绕到世界剧场正门，就可以解开谜底。

剧场正门处的广告牌上，"透明怪人"四个大字异常醒目——根据透明怪人一案改编的舞台剧此时正在世界剧场上演呢。四个大字旁边还有"村上时雄，一人分饰著名大侦探明智小五郎和透明怪人两角"的字样。

那么刚才走进后台的明智应该就是村上时雄吧？迎接他的青年演员难道是他的弟子？从那青年的反应来看，刚才的明智一定是他的师傅村上时雄假扮的。这么说来，刚才在拘留所提审四十面相的是这个冒牌的明智……

在后台房间里，扮演明智的村上时雄一念完台词就对着镜子把面部稍稍化妆了一番，独自离开房间来到光线昏暗的走廊，朝通向舞台的楼梯走去。

就在这时，村上时雄身后约五米的地方出现了一个矮小的黑影，似乎在跟踪他。正是刚才那个躺在轿车后排座位上的少年。

村上时雄沿着狭窄的楼梯朝下走去，似乎全然不知身后的少年正跟着他。楼梯下到一半的时候，少年脚下的那块木板发出"吱嘎"一声，他不由得停住了脚步，屏气凝神。但村上时雄好像什么也没听到，还是像之前一样走下楼去。

少年紧张极了，担心再发出响声，更加小心翼翼。终于来到下面的走廊，少年仍没有停止跟踪。就在这时，走在前面的村上时雄忽然转过脸来，少年顿时慌了手脚，想逃走已经来不及了。村上时雄猛地扑向少年，死死把他摁住。

"不准喊！只要出声，我就杀了你！小子，快坦白，你是什么人？为什么跟踪我？从我刚才下车开始，你就一直跟着我。"装扮成明智的村上时雄一边小声说，一边把少年拽到楼梯下的黑暗中。少年并不挣扎，却也不开口。

"我明白了！你这臭小子，原来是明智的助手小林。脸上涂了点油污就想蒙混过关，别做梦了！是明智让你来的吧？那你一定什么都知道了？"

村上时雄恶狠狠地盯着少年侦探小林芳雄。

"是的，都知道了。"少年侦探语气十分平静。

"那你一定知道我是谁了？"

"我当然知道。你不是村上时雄，你是刚才从拘留所里越狱出来的二十面相，不，你现在叫四十面相。"少年侦探斩钉截铁。

听少年侦探小林芳雄这么一说，村上时雄不禁一愣，那只死死抓住小林的手也不由得松开了，不过他很快就缓过神来："嘿嘿嘿……厉害，厉害。好一个小机灵鬼。像你这么出类拔萃的少年，只是一个侦探助手，可惜，太可惜了！我也正在物色像你这样的弟子，可还没有找着。好，我问你一句，你既然已经知道我是四十面相，下一步有什么打算？"

化装成明智的四十面相说到这里，紧逼到小林面前，双手死死箍住了小林的肩膀。尽管疼痛钻心，可小林只是略微皱了一下眉头，平静地说："我没有什么打算，只想告诉你，世界剧场已经被警方包围了，你已经无路可逃了。"

"是你给警方通风报信的？"四十面相脸色骤变，声色俱厉。

"你在后台房间里的时候，我给明智先生打了电话，他随即联系了警方。现在，世界剧场已经被警方层层包围了。现在应该轮到我问你，你下一步打算怎么办？"

四十面相没有丝毫慌乱，只见他镇定自若，朝小林笑了笑，还伸手摸了摸小林的脑袋："你说警方已经包围了剧场？哈哈哈……听你这么一说，我太高兴了。我生来就喜欢这样的冒险。小林，请你看好了，我肯定能平安无事地离开这里。好吧，就让你做一回见证人吧。"

"你准备怎么逃出去？"

"现在嘛，该我上场了。"

四十面相说完，放开小林，转身朝舞台跑去，刚好赶上舞台剧中明智小五郎出场。

剧场追捕

　　世界剧场三层的观众席座无虚席。透明怪人一案曾在日本引发了那么大的轰动,如今改编成舞台剧自然也格外吸引眼球。售票窗前每天都排满了等待购票的观众。

　　舞台上正是最高潮的一幕,背景是巨大的防空洞,当中一个房间密密麻麻地摆满了奇怪的仪器和试验用的器皿。经过改编的剧情与现实情况略有出入,例如识破二十面相化装的不是明智小五郎,而是警方负责该案件侦破工作的中村警部。

　　快步走上舞台的四十面相出现在实验室门口。

他的化装非常逼真，与明智小五郎简直一模一样。观众席上没有人知道，台上亮相的演员竟然就是二十面相本人，还以为他就是演员村上时雄。随着他的亮相，全场响起了经久不息的雷鸣般的掌声。

随后，扮演中村警部的演员从舞台的另一侧登台了。假明智见到中村警部顿时大惊失色，中村警部则大步上前，举起右手指着对方的脸大声呵斥："你竟敢冒充明智小五郎！"

"什么，你说我不是明智小五郎？"

"你当然不是明智，而是透明怪人案的主犯！我们警方早已了如指掌，这次你插翅难逃！"

中村警部说着朝门外挥了挥手。于是，五个身穿警服的警官登台亮相，一下把假明智包围了起来。假明智见状并没有惊慌失措，反而歇斯底里地狂笑起来："哈哈哈……怎么就来了你们这几个？太少了，你们绝对抓不住我的。我可是大魔术师，有着你们做梦也想不到的奇妙手段。"

就在这时，一楼观众席的最后方突然一片嘈杂，杂乱的脚步声吸引了观众们的注意力，大家不约而同地转过脸，向后面看去。

观众席后面的六个出入口被同时打开，全副武装的警官神情严肃地走进剧场。他们沿着观众席中间的过道径直走向舞台。全场气氛顿时紧张起来，鸦雀无声。许多观众还以为这大概是剧中的一幕，既感到特别紧张，又觉得十分刺激。

可这些警官个个如临大敌，尤其从他们身上找不到半点演员的气质，与台上警官完全不是一回事。就在观众们目瞪口呆的时候，舞台两侧通向后台的演员出入口也出现了六个全副武装的警官，他们向站在实验室正中央的假明智包抄上去。台上台下全副武装的警官总计三十多个，身上的制服特别显眼，恍惚间，似乎整个剧场都站满了警官。

正如刚才假明智说的那样，剧中只有六个警官，其余三十多个都是与剧情无关的货真价实的警官，其中的差别就连观众们也能看出来。观众席上开始惶恐不安起来，大家纷纷站起身来，打算看个究竟。胆小的女观众赶紧离开座位，打算溜出剧场。

其实，第一个察觉真警官步入剧场的，是舞台正中央扮演明智的四十面相。他一边演戏，一边看着舞台两侧及观众席后陆续涌入的三十多个警官，然后旁若无人地笑道："哈哈哈……我一说你们五个太少，瞬间就来了这么多人。可即便这样，也还是太少了。现在就让你们见识一下我的本事，各位，请看好了！"

假扮成明智的四十面相一边说，一边朝喧嚣的观众席恭恭敬敬地鞠了一个九十度的躬。

从三十多个警官中间走出一位身穿西装的绅士，他轻巧地跳上舞台，走到演员们身前。他就是如假包换的中村警部。

台上出现了两个长相、身材和衣着完全一样的中村警部。

"你是谁？怎么回事？"

扮演中村警部的演员手忙脚乱，不知所措。

"我们是来逮捕那家伙的。我是东京警视厅的中村。"

"什么，你是中村……"扮演中村警部的演员大吃一惊，踉跄着连连后退，"那是我们剧团的团长村上时雄，你说要逮捕他，村上团长到底犯什么罪了？"

"不，他不是村上团长，而是从拘留所越狱逃到这里来的四十面相。我们握有确凿证据，奉命逮捕。稍后会向你们解释清楚的，现在请大家让到一边去！"

"什么，他是四十面相……"

扮演中村警部的演员脸色惨白，被惊呆了。

舞台上的一问一答，坐在前排的观众听得一清二楚，他们忍不住交头接耳、窃窃私语起来，不一会儿，整个剧场就变得嘈杂不堪。

"……那家伙是四十面……"

"……竟然真的是四十面相，真没有想到……"

一些胆大的观众纷纷朝台前涌去，想要一睹为快。老人、妇女和孩子们则战战兢兢地往后退，朝后边的出入口涌去。剧场里顿时乱作一团，哭喊声和叫骂声交织在一起，那场面就像发生了大地震。

站在舞台中央的四十面相见警官们从正前方和左右两侧朝他涌来，敏捷地朝后退去。他身穿与明智一样的天蓝色西装，在作为背景的黑色灯芯绒幕布前格外显眼。

"哈哈哈……真让人开心，我就喜欢这样的冒险。各位观众，别错过机会，好好欣赏四十面相的精彩表演吧，这种表演可以说空前绝后啊……各位女士，各位先生，下次再见……"

四十面相的声音越来越小，与此同时，他整个人也不见了，仿佛化作一团蒸气消失了。留在原地的只有那一身天蓝色西装套装。西装轻飘飘地飘向空中，领带、衬衣，好像有一双看不见的手一件件解开脱了下来，但是里面空空如也；裤子也随即褪去，腿也不见了——四十面相再度变成了透明怪人！

警官们亲眼目睹这不可思议的一幕，一个个不禁呆立当场。

突然，一个少年跳上舞台，大声喊道："中村先生，四十面相要的还是老一套。这是他最拿手的黑色魔术。身穿黑色紧身衣裤，脸上涂满黑色炭粉。由于背后是黑色幕布，看上去似乎消失了，其实他就在原地。快看，他已经溜到幕布中间的接缝处，马上就要逃到后台了。快追！一身黑衣的就是四十面相。"

小林的提醒让警官们恍然大悟，他们立即掀开背景的黑色幕布，向后台追去。中村警部冲在最前边。

后台十分宽敞，只有一盏盏光线微弱的壁灯，由明亮的舞台乍一过来，什么也看不清楚。大家收住脚步停留片刻，眼睛才逐渐适应。警官们逐一搜索昏暗中的每一个角落，什么也没有发现。大家又抬头朝上望去，高高的天花板上垂着一个黑影，仿佛一只巨大的蜘蛛。

塔上脱逃

　　走近一看，原来是一根绳梯。长长的细绳上，每隔三十厘米有一个绳结。身穿黑色紧身衣的四十面相正沿着细绳向上攀爬。

　　"不许动！再不停下就开枪了！"

　　中村警部大声呵斥，可四十面相毫无反应，反而加快了速度。他一边攀爬一边忽左忽右地摇晃绳梯，就像公园里的顽童在荡秋千，这当然是为了不让下面的警官瞄准自己。

　　"开枪！"

　　中村警部一声令下，接连响起数声枪响，但警官们的枪口并没有瞄准他，只是鸣枪吓阻他继续攀爬。况且绳梯剧烈摇晃，要瞄准也确实不易。

终于，四十面相爬到了接近天花板的一扇小窗户旁边。他蹲在小窗台上，迅速收起绳梯，一弯腰钻到窗外消失了。

"这家伙逃到屋顶上去了！大家快把剧场包围起来！"

中村警部一声令下，除留下几个警官在原地继续监视外，其他警官飞也似的朝剧场外边跑去。

此时已是黄昏，剧场外灯光闪烁，毗邻的新闻大楼正面的电子屏幕上正在播放国内外新闻，彩色的画面在昏暗的夜色中显得分外艳丽，格外清晰。

剧场周围聚集了许多看热闹的市民。有涌出剧场的观众，也有过路的行人。四十面相逃到屋顶上的消息不胫而走，人们都伸长了脖子，抬头看向朦胧的夜幕。

世界剧场是欧洲风格的塔形建筑，一至三层是庞大的剧场，剧场之上还有一座高塔傲然挺立。塔顶是一个平台，平台上有好几个趴在边沿俯瞰地面的怪兽雕塑，这是在模仿巴黎圣母院屋顶上的雕塑风格。在越来越昏暗的夜色中，形状各异的怪兽雕塑就像飘浮在空中的恐怖黑影。

突然，人群骚动起来，有人看到一个黑影正在塔顶的怪兽之间游走。由于楼层太高，加之夜色沉沉，看不清楚到底是什么东西。但可以确定，移动的黑影与塔顶上的雕塑完全不同。

按照中村警部的命令，几个警官登上了高塔，很快就爬到了塔顶，但通向塔顶的出入口被四十面相堵住了，警官们只得从旁边的小窗探出身子，朝塔顶的四十面相大声喊话。这一幕吸引了越来越多的市民围观，剧场外很快被挤得水泄不通，人们纷纷抬头仰望，指指点点，还不时交头接耳，窃窃私语。

不一会儿，警报声由远及近，消防车赶来了。警官们开始疏导人群，为消防车引路。人群如波浪般朝两边分开，让出了一条直抵高塔底的通道。一辆消防车上很快升起了云梯，另一辆则打开探照灯，光柱直射塔顶，为云梯引路。

被照亮的塔顶上，人面鸟身的怪物面目狰狞地俯视着地面，身穿黑色紧身衣的四十面相正把手搭在怪兽背上，笔直地站在那里。

"快看，那是四十面相！"

"瞧，他还站在那里！"

人群中又是一阵骚动。

四十面相已经无路可逃了，似乎只能束手就擒，可他的脸上看不到一丝慌乱。

几名警官冒险从窗口探出上半身向塔顶喊话，但他们被屋檐遮挡了视线，无法确定四十面相的具体位置。

天花板上有一个通向塔顶的出入口，还配有固定的消防铁梯，可铁梯早已被四十面相拆除，不知藏到哪里去了。出入口的盖板也被堵死了，根本顶不动。明知四十面相就在塔顶，警官们却束手无策。

"梯子，快去把梯子搬来。再拿一根撬棒。"

两名年轻的警官闻言迅速朝楼下跑去。不一会儿，梯子和撬棒都拿来了。

身强力壮的年轻警官手持撬棒爬上梯子。

一阵杂乱的巨响之后，盖板终于露出了一丝缝隙。只要打开盖板，四十面相纵有三头六臂，也无法招架众多的警官。即便他顺着绳梯爬下高塔，也只能陷入警方的层层包围之中。他已经山穷水尽，无路可逃了。

然而四十面相再一次展示了他令人匪夷所思的手段，竟又一次在千钧一发之际巧妙地逃脱了。

就在警官们轮流用撬棒扩大盖板上的缝隙的时候，塔下围观的人群忽然惊呼起来。

人们瞪大眼睛，盯着探照灯照亮的塔顶上的光圈，似乎有什么东西在飘动，隐约可见一个类似秋千的小东西在轻轻摇晃。控制探照灯的消防队员也注意到了，将雪白的光柱对准了它。只见一身黑色紧身衣的四十面相已经离开塔顶，仿佛被什么东西牵引着向夜空中爬去。

"是广告气球！那家伙在广告气球下面。"不知是谁大声嚷道。

圆滚滚的大气球慢悠悠地飘向高空，探照灯紧追不舍，只见大气球下的绳索上系着一大条红色绸布，上面写着"透明怪人"四个大字。这广告气球平时系在塔顶，飘浮在空中，四十面相割断了绳索，挂上红布条幅，自己也借着气球飘向了空中。大气球浮力十足，迅速上升。

白色的探照灯光束就像追光一般追着夜空中的气球，巨大的气球反射着银色的光芒，气球下是醒目的红色条幅和一身黑色紧身衣的四十面相。

气球在人们的视野里越来越小，终于不知去向。

这简直是置生死于度外的玩笑。随着气球不断上升，由于气压的变化，必将一点点地漏气，最后只能坠落，到时四十面相必定难逃一死。就算他侥幸生还，现在全东京的警察没有不认识他的，警视厅也已经通知各地警方全力协查，无论他掉在哪里，都将第一时间被警方抓获。

金蝉脱壳

  距离千叶县市川市中心不远的S村有一所S小学。

  就在四十面相乘广告气球消失在夜空中的第二天中午，S小学许多吃过午饭在操场上玩耍的学生发现了蔚蓝天空中的一个小黑点。

  “快看，天上是什么东西？”不知谁喊了一声。

  听到喊声，学生们纷纷停下了各自的游戏，睁大眼睛看向天空。

  “是不是宇宙飞碟？”

  “不太可能。看，它变得越来越大，正朝我们这边飞来。"

圆点从棒球大小迅速变成足球大小。操场上，孩子们抬头仰望，刚才还是热闹非凡的操场，很快变得静悄悄的。

"那东西好像在下降，还有红的字呢。"

"是气球。银色的，是广告气球。"

黑点继续变大，逐渐显露出银白色的真身。

"广告气球，那就叫广告气球。"

气球继续下降。

"奇怪，那气球下怎么有个人，从头到脚一身黑。"

学生们并不知道四十面相乘气球逃跑的事，所以只是觉得有趣，七嘴八舌地议论纷纷。操场上的吵嚷把老师们也吸引了出来，跟孩子们一起仰起脸望着天空。

气球已经近在咫尺了，由于气漏得太多，已经承受不住一个人的重量了，正快速落向地面，银白色的表面皱皱巴巴的。

"怎么这么大啊！"

"那个人是不是死了？怎么一动也不动。"一个眼尖的女生大声尖叫。

"死了？"

"不得了了，气球要落在我们操场上了。"

"同学们，危险！快回自己的教室！"老师们大声喊了起来，同学们争先恐后地跑回各自教室。

"掉下来了，掉下来了！"

在众人的惊呼中，大气球终于降到地面。只是里面尚有少许剩余气体，所以仍在不停地随风飘动。气球下的红色条幅和黑衣人被拖拽着在地面上来回摩擦。

十几个胆大的高年级学生冲出教室朝气球奔去。大家齐心协力，拽住绳索，阻止气球飘动。几个老师也跑了过来，打算扶起倒在地上的黑衣人。

"咦，这不是人！"

"什么，你说他不是人？"

"你摸一下看看，硬得像一块铁，如果是人，怎么会这样！"

两个男老师觉得不可思议，你看看我，我看看你。其中一个男老师突然一把扯下了蒙在黑衣人脸上的黑布。

"什么，这，这不是人偶吗，就是沿街橱窗里的那种。"

"怪不得摸上去硬邦邦的，原来是人偶。"一个老师似乎放下心来，自言自语道。

学生们听老师这么一说，一窝蜂地围了上来，好奇地摸摸这里，碰碰那里。

警方接到学校报告后，很快派出警官驱车赶到。警官们早已接到四十面相乘广告气球逃走的通知。经查证，掉落在S小学操场上的，确实是世界剧场的广告气球。红布条幅上"透明怪人"四个大字就是铁证。

然而，随气球一起坠落的不是四十面相，而是一个人偶，这又是怎么回事呢？警官们百思不得其解。

四十面相无比狡猾，怎么可能孤注一掷在一个广告气球上。毕竟无论如何，那样逃走的下场都不会太好。事实上，他把事先套好黑色紧身衣裤的人偶绑在广告气球下面，并用黑布蒙住脸，以制造他乘气球逃逸的假象。警方误以为他已经逃走，也就收队了。而他则趁着所有人的注意力都被吸引到气球上的时候，神不知鬼不觉地逃之夭夭了。

广告气球飘走后不久，塔顶上垂下一根黑色细绳，一个身穿警服的警官沿着细绳从塔顶上下到了世界剧场的楼顶。因为是在高塔的背后，而且广告气球已经吸引了所有人的注意力，所以根本没有人注意到他。

这举止怪异的警官收好细绳，从屋顶的出入口进入了剧场。五分钟后，他又手提一个直径约有半米的又圆又扁的大包袱从世界剧场的正门来到大街上。

此时，剧场前的广场上仍有许多人聚在一起议论纷纷，也有许多警官夹杂在人群中，看到他走出大门口，一个警官上前问道："你是哪个警署的？包袱里装着什么？"

那个警官微笑着答道："我是警视厅的，中村警部命令我将一些有价值的证据带回去。"

"这包袱的形状怎么这么奇怪，里面包着什么东西？"

　　"我也不清楚，中村警部交给我的时候就已经是包好的了，他肯定有他的考虑吧……那么，我先告辞了。"说完，他若无其事地走了。

　　十分钟后，刚才出现在世界剧场门口的警官已经来到中央区一条偏僻的住宅街上，手里还是提着刚才的那个包袱。这一带虽然有路灯，但依然十分昏暗。道路两旁是清一色的水泥围墙。由于天色已暗，路上几乎没有行人。东京市中心还有如此闹中取静的住宅街，多少让人感到有点意外。

　　那个警官走在昏暗僻静的街道上，脸上掩不住地兴奋："真是太顺利了，连我自己都觉得太了不起了。刚才盘问我的那个警官，如果遇上中村警部，多半会报告我的情况，警部听完报告，肯定会莫名其妙，我已经可以想象到他那满脸惊讶的表情了。他绝不可能想到，四十面相居然化装成警官在他们眼皮子底下大摇大摆地离开了，哈哈哈……"

　　孤芳自赏的警官不是别人，正是四十面相。警官制服和黑衣人偶是他在越狱之前就命令手下准备好藏在塔顶的。这次是警视厅和当地警署联合作战，警官们相互间并不熟悉，即便出现某个陌生的警官，也不会有人怀疑。

化装成警官的四十面相满脸笑容，独自在昏暗僻静的街上闲逛。可这条街上不只有他一个人，就在他背后二十米左右，一个少年正稍稍地跟在他后面。

少年衣衫褴褛，俨然是个小乞丐。头发又脏又乱，满脸油污，夹克衫上沾满污垢，裤子上也打满了补丁。脚上没有袜子，光脚穿着一双草鞋。他就是著名少年侦探，化了装的小林芳雄。

之前协助明智侦破的案件中，也有利用广告气球溜走的罪犯。当时，警方一味认定罪犯就在气球下，便派出直升机追捕。等到追上气球才发现气球下不是罪犯，而是替身人偶。所以这次小林一眼就识破了四十面相的诡计。

当时，小林趁乱潜进后台，给自己化了装，又戴上蓬乱的假发套，扮作乞丐爬上剧场屋顶，悄悄监视建筑背后的动静。果然不出所料，狡猾的四十面相出现了。他以惯用手法，再度化装成警官逃走。这一切都没能逃过小林的眼睛，他想通知中村警部，可又担心四十面相趁机溜得无影无踪，只得独自尾随跟踪。

昏暗的街道一直向前延伸，前边是自鸣得意的警官，后边是一声不吭的少年乞丐。他俩一前一后，构成了一副奇妙的画面。突然，警官停住脚步，警惕地回头张望，他好像察觉背后有人。少年乞丐赶紧试图隐蔽起来，可为时已晚。他被察觉了。

警官撒腿狂奔，不远处就有一个十字路口。

既然已经暴露，干脆豁出去了！小林也从隐蔽处一跃而起，拼命追了上去。

小林追到那个十字路口，左瞧右看，四十面相不见了。道路两边都是高高的围墙，没有可以藏身的地方。他到底钻到哪里去了呢？

光溜溜的围墙，人很难爬上去。四十面相以往最喜欢藏身的下水道出入口，地面上一个也没有。距离隔壁小巷还有一百多米，无论四十面相如何矫健，在小林赶来之前顶多跑上五十米。

红色邮筒

　　小林猛跑几步，来到巷口四处寻找，却连个人影也没有见着。他又跑回原来的十字路口，就那么站在那里，一边注意观察周围的情况，一边在脑中飞快地思考着下一步的行动。然而夜色笼罩的住宅街上静悄悄的，没有任何异常。小林无可奈何地耸了耸肩，沿原路返回。

　　小林离开大约十分钟后，街角围墙前的红色邮筒仿佛被注入了生命，在路灯的昏暗光线下慢慢旋转起来。邮筒上方扁长的投信口里竟闪过一丝微光，是眼睛。是人还是动物？模模糊糊看不清楚，但那双眼睛正朝外窥视。邮筒缓缓转动，里面的眼睛将周围的环境扫视了一周。似乎是确认了周边环境安全，红色邮筒开始沿着围墙缓缓移动，不知不觉就移动了大约十米。

邮筒竟然活了！居然会走路！

更诡异的事情发生了，邮筒底座开始慢慢转动，从下边伸出两只戴着黑手套的手，这双手将邮筒底座向上抬起，一双穿着黑色皮鞋的脚和黑色的警官制服裤子渐渐露了出来。这双手继续把邮筒底座向上抬，整个邮筒就像一个被压扁的易拉罐，越来越扁，警官制服的下摆、肩膀逐渐都露了出来，最后是一张脸。

是四十面相！果然是他，在昏暗的路灯光下，四十面相的脸上露出了高深莫测的微笑。

此时，邮筒已经压缩得好像一只红色的大圆盘，顶在四十面相的头上。

原来，这是四十面相新发明的移动藏身处——折叠式红色邮筒。这个邮筒与马路上比比皆是的铁制红色邮筒一模一样，却是由许多金属圈连接而成，就像魔术师手上的魔杖，可以自由伸缩。完全伸展开就变成一个邮筒，收起来就是一个大约五厘米厚的圆盘。简单地说，就像一个金属灯笼。

四十面相一察觉小林在跟踪他就紧跑几步拐进小巷，拿出包袱里的红色圆盘顶在头上，打开机关，于是叠在一起的金属圈就向下展开，红色邮筒就这样矗立在了路边，整个过程只有不到三十秒。

事实上这个巷口是没有邮筒的，但小林不可能知道这一点，他还是头一回来这里，而且他无论如何也没有想到四十面相竟然会伪装成一个邮筒。

四十面相重新把邮筒缩成五厘米的厚度，取出包袱小心翼翼地包了起来，随后把包袱扔进了围墙里，自己则借助旁边的一个路灯杆翻过围墙，消失在了路边的院子里。

在不慌不忙地进行这一列动作的时候，四十面相的脸上始终挂着笑容。略施小计就能骗过小林，让他好不得意。

小女孩

四十面相消失在围墙后，街道上又恢复了原来的宁静，就像电影放映到一半戛然而止。

又过了五分钟，就在刚才四十面相伪装成红色邮筒的地方，出现了一个矮小的身影，借着昏暗的路灯光可以隐约看到，那是一个小乞丐。

小林离开十字路口后并没有走远，而是躲在拐角处窥伺。他等到四十面相消失在围墙后又过了一会儿，才重新来到街角。

小林蹑手蹑脚地来到那根路灯杆下，竖起耳朵仔细听了听周围的动静，确认四下无人之后才爬上了路灯杆。他身手敏捷，很快就翻上了围墙，又一个纵身轻轻地跳入院子里。

院子很大，里面种满了一棵棵大树。小林小心翼翼地向前走着，边走边仔细观察黑压压的树林里是否有动静。

突然，不知从哪里射来一丝微弱的红色光线。小林朝着光线射出的方向走去。不一会儿就穿过众多树木来到一片空地上。

眼前是一栋欧洲风格的洋房，如同黑色的巨人矗立在那里。一楼右边尽头，有一个窗户亮着灯光。红色的光线就是从这个房间射出的。

小林朝着那个窗户走去。突然，他停住了脚步。就在他旁边的那棵大树下，好像有一个人影在晃动。

难道是四十面相埋伏在这里？不对，四十面相没有那么矮小。树下是一个比自己还要小的孩子，好像是个小学生。再仔细一看，竟然是一个女孩子，短发，穿一身红衣服，两只手捂着眼睛，正在轻声抽泣。

这么小的女孩子，居然独自一人站在黑暗的院子里哭泣。这别墅里肯定有情况。按理说，小孩旁边应该有大人啊，可是小林仔细察看了周围，一个人影也没有。

小林大胆地走到女孩子身旁，把手轻轻放在她的肩膀上。女孩子感到惊讶，仰起脸望着小林。小林原以为她看到自己是衣衫褴褛的乞丐会马上逃走，可她非但没有逃走，反而一把抱住了小林，浑身颤抖。

"怎么了？你是这家的小孩吗？"小林轻声问道。

小女孩使劲儿点点头。

"那你为什么待在这里呢？"

"我，我害怕。"小女孩担心被人听见，声音很轻。

"害怕？害怕什么？"

"害怕地下室，那里有妖怪。"

小林想，就算地下室有妖怪，又为什么要站在漆黑一片的院子里呢，岂不更害怕吗？如果害怕，到父母身边不就行了。

"你爸爸在家吗？"

"不在家，我找遍了所有的房间，也没找到他。"

"妈妈呢？"

"死了，早就死了。"

"你家的用人呢？"

"我家用人阿姨上街还没有回来。"

"你家一共三口人？你爸，你，加上用人阿姨。"

"嗯。"

小林依然感到奇怪。偌大的欧式洋房里只住三个人，而且两个大人不知去向，把这么小的女孩单独留在家里，太不负责任了。这家主人，也就是小女孩的父亲，究竟干什么去了？

"你爸爸是做什么工作的？"

"博士。"

"什么？博士？那你爸爸是个学者？"

"是的。他是个有名的博士。"

"什么学科的博士呢？"

"是书博士。我家有好多好多的书。"

小女孩好像只知道这些。

"你是什么时候站在这里的？"

"我刚逃到这里。"

"从哪里？"

"从地下室。"

"你房间在地下室？"

"不是的，我的房间在那里。"

"那你为什么要到地下室去？"

"因为地下室有声音。"

"地下室里有什么？"

"有妖怪，三个妖怪。"

小女孩声音颤抖，把小林抱得更紧了。

金色骸骨

　　小林安慰着小女孩，脑子里却在高速运转。之前他还以为小女孩说的妖怪很可能就是四十面相，可如果有三个妖怪，那就不是四十面相了。可是，刚才跳进院子里的四十面相又去哪儿了呢？

　　这小女孩不会是四十面相的同党吧？如果真是这样的话，四十面相也许正躲在院子里的某个角落监视自己。想到这里，小女孩原本天真可爱的面容竟也有些恐怖了。

　　"危险，危险，可能是圈套，千万不能麻痹大意！四十面相的花招总是出乎所有人的意料。"小林不断提醒自己。他仔细打量小女孩的脸，尽管夜色深沉，院子里的光线十分昏暗，女孩的脸还是依稀可辨，越看越让人觉得天真可爱，实在没法把眼前的小女孩和四十面相的帮凶联系在一起。

"你刚才说的地下室在哪里？我俩一起去好吗？"小林用试探的口气问小女孩。

"你不怕吗？"小女孩满脸惊讶。

"不怕，妖怪什么的，绝不是我的对手。"

"真的？可他们是大妖怪，而且有三个！"

"三个五个的，都不是我对手。走，一起去！"

小林根本不相信这世界上有什么妖怪，但地下室里一定有可疑的家伙。

小林虽然满脸油污，衣衫褴褛，但他的勇气感染了小女孩，让她觉得如果是跟眼前这人一起的话，去一趟地下室也没什么可怕的，于是牵着小林的手朝洋房走去。

小女孩领着小林穿过一扇门进到洋房里，沿着昏暗的走廊转了好几个弯，又沿着通往地下室的楼梯向下走去。

楼梯上只有几盏小壁灯，光线微弱。通往地下室的走廊非常狭窄。好在小女孩是这家的小主人，十分熟悉。一踏上楼梯，小女孩又瑟瑟发起抖来。一想到地下室里的三个大妖怪，她就格外害怕。一旦被他们察觉，也许就没命了。小林握紧小女孩的手，屏住呼吸，踮起脚尖下楼。刚走一会儿，小女孩又站住不走了。眼前有一丝光亮，是门缝里泄露出来的。

　　小女孩拽了拽小林的手，示意他从门缝向里边窥视。小林小心翼翼地弯下腰，把眼睛凑在门缝最宽的地方，只看了一眼，就差点叫出声来。他稳了稳心神，不禁怀疑自己是不是看错了，于是再次凑过去朝里窥视。小女孩果然没有说谎，房间里真的有三个妖怪。

　　房间正中央有一张圆桌，桌上放着古色古香的欧式烛台，烛台上插着三枝蜡烛。桌旁有三把椅子，坐着三具骷髅，他们一边相互打着手势，一边轻声议论着什么。

　　小林的视线模糊起来，脑子里似乎瞬间一片空白，骷髅怎么会像活人那样，边打手势边说话？自己是在做梦，还是幻觉？

更诡异的是，这三具骸骨竟然是金色的，在烛光映照下，折射出耀眼的光芒。

三具金灿灿的骸骨聚在地下室里窃窃私语，他们到底在讨论些什么呢？这地下室里到底隐藏着什么不可告人的秘密？

房间里的三面墙都是大型的落地书架，上面摆满了精装本书籍，书脊上的金色文字在烛光的照耀下闪闪发光。

骸骨们窃窃私语，其中一个嘴角一直咧到耳根，声音嘶哑。

右手边的骸骨像是在回应它，发出一连串不明所以的古怪声音。

第三具骸骨似乎也在附和。

三具骸骨又把这几句重复了好几遍。难道这是他们的语言，或者是什么咒语？他们难道是在诅咒某个家伙？

"搞不懂。"忽然，其中一具骸骨说起了日语，于是，另外两具骸骨也用日语交谈了起来。

"嗯，无论怎么想，还是不明白。"

"不管怎么念，就是不知道什么意思。"

"好吧，今晚就研究到这里为止。回去后再好好想想……下个星期五晚上八点准时在这里会面。"

那具骸骨说完站起身，蜡烛的火苗随之飘动起来，映照得骸骨金光四射。

"嗯，我回去后好好想想。下个星期五很快就到了，到时候我们再一起商量。这秘密，我们一定要设法解开！"

"是啊，一定……"

其余两具骸骨一边站起身一边跟着表示决心。三具骸骨慢慢朝门口走来。

小林赶紧拽着小女孩的手离开门前，蹲下躲在昏暗的走廊尽头。两人紧贴着墙屏住呼吸，以免被骸骨们发现。

门开了，昏黄黯淡的烛光洒在走廊上，第一具骸骨走到门口，展开一大块黑布披在身上，就像披上宽大的披风。后面的两具骸骨也如法炮制，巨大的黑布把诡异的金色骸骨包裹得严严实实。不难想象，一旦融入漆黑的夜幕，三具骸骨妖怪在黑色披风的包裹下，瞬间就会变成三个隐身妖怪。

他们排成一列纵队，朝着与两个少年藏身处相反的方向走去，很快沿着楼梯上到了一楼。

小林原想独自跟踪三个妖怪，可身边的小女孩早已吓得腿酥脚软。小林不忍心扔下她不管，只得带上她一起跟踪。

两人爬上楼梯探头窥视，只见骸骨妖怪们正沿着昏暗的走廊朝玄关走去。

途中，一个骸骨妖怪转身上了二楼楼梯，另外两个则沿着走廊继续向前，然后右转——那边好像是这栋洋房的玄关。

小林拉着小女孩的手来到走廊，轻声问她："你爸爸的房间是在二楼吗？"

"嗯，是的。"小女孩的声音在颤抖。

"好，你跟我来。那里是玄关吧？刚才有两个家伙朝那边去了。跟着他们，看看他们朝哪边走了。别怕，有我在，没什么可怕的。"小林在小女孩身边轻轻耳语几句，拽着她的手就跟了上去。

女孩爸爸

　　两人来到玄关，轻轻推开大门向外张望，正看到那两个骸骨妖怪推开院门，朝街上走去。玄关处只有一盏小灯，光线昏暗，况且两人躲在大门后，只推开了一条缝隙，不必担心被对方察觉。

　　小林拉着小女孩的手，悄悄向院门摸去。他们躲在门柱后向街上窥视，只见院门外停着一辆轿车，没有开车灯，两具身披黑色披风的骸骨径直走向那辆轿车，坐进了车里。随后，汽车发动了，一转眼就消失在了漆黑的夜幕里，街上又是一片死寂。

骸骨坐着汽车消失了，这一切都是真的吗？小林觉得自己好像在做梦。

　　小女孩全身仍在颤抖，紧紧抱着小林。

　　"我们回去吧，先去你爸爸的房间。"小林拉着小女孩的手朝玄关走去。

　　"可是爸爸不在家啊。"

　　"不，他肯定已经回来了。你去看看就知道了，我就在你身后保护你。你进去以后，我就在门口等你。不过你不要对你爸爸说起我，明白吗？也别说起看到过金色骸骨的事情。"

　　"为什么？为什么不能对爸爸说？"

　　"如果你对你爸爸说了，骸骨就会回来把你关起来的。"

　　"真的吗？那……那……我不说。"

　　小女孩说完，又浑身颤抖起来。

　　两人进了洋房，朝走廊尽头走去，来到楼梯前的时候，小女孩不由得停住了脚步。

　　"不行，不能到二楼去，刚才那个妖怪一定还在二楼。"

"没关系，二楼没有妖怪，只有你爸爸。"

小女孩死死抓住楼梯扶手，说什么也不愿意上楼。小林好说歹说，她才松开手磨磨蹭蹭地上了楼。

"你进房间以后，千万别对你爸爸说起我，明白了吗？"

小女孩点点头。小林拉着她的手轻手轻脚地上了楼梯。两人来到一个房间门前，在小林的一再催促下，小女孩硬着头皮悄悄推开了房门朝里面张望，小林也从门缝朝房间里窥视。

房间正中央的安乐椅上坐着一位绅士，正是小女孩的爸爸。他身穿黑色西装，大约五十岁，头发斑白，鼻梁上架着一副黑边眼镜，留着漂亮的胡子，颇有学者风度。

可他是什么时候回来的呢？小林和小女孩刚才一直在玄关，如果他是刚才从外面回来的，一定会碰上他们的。刚才两人亲眼看到一具骸骨上了二楼，可现在却消失得无影无踪，反而是小女孩的爸爸出现了，这到底是怎么回事？

小林已经猜了个八九不离十，但他没有向身边的小女孩说明，只是轻轻地推了一下小女孩的后背，示意她进去。

小女孩推开房门，一边喊爸爸一边朝爸爸怀里扑去。博士见女儿来了，笑呵呵地伸出双手。

小女孩钻进爸爸的怀里："爸爸，您到哪里去了呀？我一个人在家害怕极了！"

"对不起，对不起，爸爸有事外出了。我还以为阿姨回家比我早呢。你一个人在家太寂寞了，对不起。不过，家里没有什么可怕的东西吧？"

"有，有妖怪……"

"什么，妖怪？在哪里？"

"地下室！"

"你说哪里？你到地下室去了？在地下室里看到了什么？"

博士脸色变得无比严肃，一双眼睛死死盯着小女孩。

小女孩闭口不再说了，也许她想到了小林的再三叮嘱——如果对爸爸说起那事，可怕的骸骨肯定会回来找自己算账的。

"地下室里有声音。"

"只是声音吗？你不该到地下室去的。"

"我不是故意去的，是一个人害怕。"

听小女孩这么一说，博士放心了，又眯起眼睛笑容可掬地望着女儿。

"好孩子，好孩子，我今后再也不让你自己一个人在家了。好了，爸爸给你讲个故事。"

"嗯，我要听有趣的故事，可不要听鬼故事！"小女孩坐在爸爸的膝盖上，娇嗔地说。

第四具骸骨

　　小林见父女俩亲昵地坐在一起，便悄悄地下了楼，来到院子里。直觉告诉他，四十面相可能还藏在院子里，他打算转一圈看看再回事务所。

　　"三具骸骨离开之前，曾约定下星期五晚上八点还在地下室会面，到时候，我提前潜入地下室，就可以知道他们的秘密了。"小林一边这样想着一边朝院子走去。

　　院子里林木茂密，黑压压的，只能摸索着前进。小林屏气凝神，尽量不发出一点声响。他不时停下脚步，侧耳细听。

不远处的黑暗里，好像有亮光闪了一下。

小林急忙停住脚步，藏身在一棵大树背后，凝神向闪光处看去。

浓重的夜色中，闪光仍在继续，似乎有什么东西在活动，树叶发出沙沙的轻响，那东西正在向小林这边靠近。

那是一个会在黑暗中发光的东西，金灿灿的，悬浮在空中，上面还有两个黑窟窿。下面则是两排整齐的牙齿。再往下是金色的下巴、肋骨、腰椎、骨盆、腿骨……是金色骸骨。怎么？这里还隐藏着一具金色骸骨？

是三具骸骨中的一个？不，不可能！两具开车走了，一具上了二楼。看来，这是新出现的第四具骸骨。

小林屏气凝神，并不慌乱。他走出大树背后，径直朝第四具金色骸骨迎了上去。

黑暗里突然出现一个昂首挺胸的影子，还有沙沙的脚步声，那具金色骸骨慌了神，不由得停住脚步。

骸骨与少年之间，相互对视了好一阵子。

"呵呵呵……我明白了。你是少年侦探小林吧？"骸骨露出两排整齐的牙齿，声音略带嘶哑，语气中夹杂着威胁。

"是的。那你是四十面相喽？"小林也毫不客气地回敬道。

"呵呵，真聪明，不愧是著名的少年侦探。佩服，佩服。我越来越喜欢你了。"骸骨两只金色的手腕抱在肋骨前，竟然笑了。

小林毫不示弱："你也真让我佩服啊，一会儿化装成警官，一会儿化装成邮筒，一会儿又化装成骸骨。可我只能化装成乞丐，在你面前简直无地自容。"

"那我们就交个朋友吧。说心里话，我真的挺喜欢你的。顺便问一句，我的化装手法以及为什么到这里来，你明白了吗？"

"我早就明白了。你早就知道今天晚上会有三具骸骨在这栋洋房的地下室里聚会。所以你逃离剧场时虽身穿警官制服，可里边穿的是骸骨衬衫。你一脱去外面的警官制服，就能化装成金色骸骨。"

四十面相贴身穿的是黑衬衫和黑裤子，只要在上面用金色荧光颜料勾勒出骸骨图案。再戴上金色骷髅图案的头套，乍一看就像一具黄金骸骨。

地下室里的三具骸骨当然也是化装的。小林早已识破了这套把戏，所以此前看似惊悚诡异的情况根本没能让他有丝毫慌张。

四十面相听小林说完，笑着说道："果然没让我失望，我真是越来越喜欢你了。刚才地下室里的情况你也看见了吧，那三具骸骨也被你识破了？"

"是的。三人中有一个是这栋洋房的主人，叫什么博士。你为了偷听三人秘密商讨的内容，也化装成相同模样潜伏在这里。"

"你竟然连我的意图也猜到了。那我再问你，他们商讨的秘密内容是什么？他们化装成骸骨在地下室里秘密碰头是为了什么？你清楚吗？"

"黄金骷髅的秘密，对吧？你的这一切行动，都是为了实现你迄今为止最大的阴谋。你不是在报纸上发表过两封公开信吗？"

四十面相见自己的阴谋被小林一语道破，一时语塞，但他很快就恢复了刚才盛气凌人的模样，逼问道："这么说，你已经知道了黄金骷髅的秘密？"

　　"还没有，可我会知道的。"

　　"哼，真会说大话。你想跟我较量一下吗？那我倒要先让你领教一下我的厉害。喂，你不害怕吗？"四十面相故意压低嗓门，朝小林猛扑过去。

　　周围一片漆黑，即便呼救也不会有人听见。虽说二楼房间里有博士父女俩，可他们从二楼跑到一楼，再从一楼跑到院子里，需要的时间可不少，如果在他们赶来之前自己就被四十面相制服……小林想到这里，不由得直想逃跑。

　　"哈哈哈……"突然，四十面相不知想到了什么，放声大笑起来，似乎神志有些错乱，笑声嘶哑恐怖。

　　这笑声更是让小林心慌不已，仿佛面前的金色骷骨随时都会扑上来。

　　"哈哈哈……怕了吧，怎么全身都在颤抖。"四十面相逼近小林，声音嘶哑。

"我怎么可能会怕你？只不过不想轻易被你抓住。"

"哈哈哈……你果然害怕了。放心吧，我不会对你怎么样的，因为你太可爱了。一会儿在我背后跟踪，一会儿又出现在我的面前，而且能看穿我的所有把戏，有一个你这样的对手还挺有意思的。"

"那你到底想干什么？无论如何我都不会放过你的。"

"太有趣了，我就是喜欢你这种倔强的性格。不过今天晚上我可没有时间跟你聊天，我这就要走了，你也别想再跟踪我了。"

"你想逃跑？"

"是啊，我要走了。"

"为什么？"

"听，那是引擎的声音。"隐隐约约传来的汽车引擎声搅乱了深夜的寂静。小林恍然大悟，可又想不出任何办法。四十面相突然转身，撒腿就跑，小林来不及多想，下意识地追了上去。

四十面相在茂密的林木间穿行，眨眼间就来到了墙根，只见他身子一纵就攀上了墙头，再一个翻身，就跃到了墙外。小林远没有那么敏捷的身手，他费了九牛二虎之力，把脑袋勉勉强强地探出围墙时，四十面相已经跑到了街上。

一辆敞篷汽车疾驰而过，当它经过四十面相身边的时候，只见夜幕中一具金色骸骨轻轻一跃，就稳稳落在了后排的座位上。汽车没有减速，转过街角后消失了。这当然是四十面相提前安排好的。

小林垂头丧气地爬出围墙，跳到人行道上，眺望汽车消失的方向。只是很快，他的脸上又绽开了笑容，自言自语道："四十面相啊，不管你逃到哪里，下星期五你肯定要来这里。走着瞧，下次我们再一决胜负。"

巨大的昆虫

星期五到了。

还是在那栋洋房，还没到晚上八点，一只巨大的昆虫在一楼走廊缓缓爬行。这看起来像一只甲虫，背甲乌黑锃亮，背节很多，就像虾一样。也许它更接近蝎子也说不定。

虽然外形酷似昆虫，这家伙却大得惊人，而且腿不是六条，而是四条。很快，这只巨大的昆虫消失在走廊尽头，那里是通往地下室的楼梯。

走廊里静悄悄的。突然，二楼楼梯上传来了脚步声。不一会儿，一个身披黑色披风的人出现在走廊上，缓步走下通往地下室的楼梯。他一定就是这栋洋房的主人，黑色披风里应该还穿着跟上次一样的金色骸骨服装。

又过了一会儿，玄关处传来开门声，同样装束的人犹如幽灵一般通过走廊，沿着楼梯朝地下室走去。

紧接着，开门声再次传来，第三个身穿黑色披风的人出现在走廊上。突然，走廊上一扇房门开了，只见黑暗的房间里走出一个同样身披黑色披风的人。

刚从玄关处进来的那人赶紧停下脚步："哦，对不起，我来迟了……"

对方并不答话，反而一把揪住了他。

"你，你是谁？你……"

他想大声呼喊，可嘴巴里已被对方塞进了什么东西。两人间展开了一场无声的格斗。两件黑披风犹如巨大的蝙蝠翅膀上下翻飞，不时露出金色的骸骨装束。

房间里蹿出的黑披风很快占据了上风，骑在对方身上，迅速将对方的手脚绑了起来，拖进了房间，又关上房门，返回走廊。他整理了一下身上的黑披风，若无其事地沿着楼梯朝地下室走去。

地下室里，秘密会议开始了。

"我总觉得我们读得不对，大家把各自带来的骷髅放在桌上，试一下别的读法。"

其中一具金色骸骨说完，从黑色披风里取出一个金灿灿的东西放在桌上。这是一个黄金骷髅，只有真的骷髅的一半大小，但做得惟妙惟肖，令人叹为观止。

另外两具金色骸骨也先后取出相同的黄金骷髅放在桌上。

其中一具金色骸骨把自己的黄金骷髅颠倒过来，凑近骷髅的后脑勺端详起来。后脑勺偏左的角落，刻有一行小字："快进由头尽偏左——这句子我一直反复读，就是琢磨不出到底是什么意思。"

另一具金色骸骨也凑近自己那个黄金骷髅："几户深陷山哥河——这一句我也不知道念了多少遍了，根本就是不明所以。"

最后一具金色骸骨也念了一下自己的黄金骸髅后脑勺上的那行字："处流随东沿上刀——是啊，这到底是在说些什么呢？"

三具金色骸骨干脆把随身带来的三个黄金骸髅放在桌子中间，把三行字连在一起念："快尽油头尽偏左，几户深陷山哥河，处流随东沿上刀。"

还是不知所云。

突然，一具金色骸骨恍然大悟："我明白了，黄金骸髅不是三个，而是四个。这些句子一直不知所云，是因为其中有几个关键词缺失了。也就是说，应该还有一个我们并不知道的黄金骸髅，那就是破解这个秘密的关键。"

"原来如此。不过，那第四个黄金骸髅在哪儿呢？我们好不容易才凑齐了这三个，如果要再找第四个，实在是不知道什么时候才能找到了。"

"骸髅上的密文指明的宝藏可是价值连城，这么一笔巨大的财富怎么可能这么容易到手，只要我们齐心协力，一定可以找到第四个黄金骸髅的。"

三具金色骸骨又凑在一起窃窃私语，一直商讨到次日拂晓才分手。分别时，又约定下个星期五晚上仍在地下室碰头。

　　博士将其他两人送到玄关后又返回地下室，独自一人坐在桌前反复念着那三行字。

　　就在他苦思冥想的时候，地下室里发生了诡异的一幕。

　　这间地下室是博士的秘密研究室，三面墙都是直达天花板的落地书架，上面摆满了各种书籍。其中一个书架的最下排陈列着二十多本巨大的百科全书。眼下，这二十多本百科全书仿佛被注入了生命，烫有金字的书脊正在微微晃动。

　　因为这书架恰好在博士座椅背后，他压根儿没有察觉。

　　百科全书的晃动越来越剧烈，终于从书架上掉了下来，但奇怪的是，没有发出任何响声，而且倒在地上的不是书，而是那只曾经在走廊上爬行的大昆虫。原来大昆虫的背节竟然是百科全书的书脊。刚才，这只大昆虫就那么背朝外，侧卧在书架的最下一层。

大昆虫站起身来——这不是少年侦探小林芳雄吗！

那天晚上四十面相逃走后，小林曾笑着喃喃自语了一番。当时，他就想到了一个绝妙的主意："既然四十面相可以化装成路边的邮筒，我为什么就不能化装成地下室书架上的百科全书呢？"

小林想了解会谈的内容，如果只是在门外偷听的话，根本不可能搞明白，而且还有暴露的危险。于是，他想到了一种大胆的侦查方案，那就是化装成百科全书躺在书架上。

小林以明智侦探事务所的名义向书店购买了与地下室书架最下层一样的二十多本百科全书，将书脊连接起来，粘在自己背上，趁地下室空无一人的时候，提前做好了伪装。

四十面相化装成金色骸骨，少年侦探小林则化装成百科全书，显然是小林更胜一筹。证据就是虽然四十面相巧妙地化装成骸骨参加了密会，却没能察觉对手也在地下室里，而少年侦探小林不仅知道四十面相偷梁换柱的把戏，还得知了密会的内容。

　　小林悄无声息地走到正苦苦思索的博士背后，直到此时，博士仍一无所知。

黄金骷髅的秘密

突然，博士转过脸来，原来是小林的呼吸被他察觉了。

金色骷骨与百科全书就那么对视了好几分钟。

"你是谁？从哪里进来的？"

"我是明智侦探事务所的少年侦探小林芳雄，正在追查四十面相。"

"明智，我早就听说过，还听说他身边有一个少年助手叫小林芳雄。不过你追查四十面相怎么会到我家来？我这里可没有什么四十面相。"

"当然有啊，他刚从这里离开。"

"别开玩笑了，这里只有我和我的两个朋友……我们是为了秘密商量才打扮成骸骨的。虽说是密会，但绝没有干什么坏事，跟那个臭名昭著的四十面相更是没有任何瓜葛。"

"那您是否知道，刚才离开的两个骸骨中，就有一个是四十面相，那家伙是来探听你们的秘密的。"

"不可能，绝对不可能。即便化了装，他也绝对不可能有黄金骷髅，那是我们每人一个的秘密。"

"那好，我这就带你去见人证，他现在应该还躺在一楼的房间里。"

小林边说边朝门外走去。博士被小林这么一说，将信将疑地跟在后面。

一楼有好几个房间，小林走在前面，逐个打开房门检查。当检查到第五个房间时，小林示意博士自己来看。

博士走进房间，只见一具金色骸骨躺在地板上，手脚都被绑在背后，嘴里还塞着一块脏布。

博士大吃一惊，连忙蹲在地上为他松绑，那果然是自己的朋友。据他自己说，他在走廊上遭到了不明人物的突然袭击，然后就被五花大绑拖到了这个房间。那家伙的打扮跟自己一模一样，也是金色骸骨。还有，他身上的黄金骸髅被那个人夺走了。

博士把那人和小林引到书房，两个骸骨摘下蒙在头上的黑布，露出了真面目。

小林上次在二楼门缝看到的小女孩的爸爸就是这个博士。刚才被关在一楼房间里的，是一个五十岁左右的绅士，头发稀少，圆脸，胡子刮得干干净净。

博士对同伴简单说明了情况后转而对小林说："小林，四十面相是我们共同的敌人，那也就是说我们是盟友了，你说呢？"

"当然，四十面相是明智先生和我的夙敌，现在他要窃取你们黄金骸髅的秘密，我们一定不能让他得逞。不过我对黄金骸髅的事情还一无所知，能不能跟我说说？"

"既然你已经知道了黄金骸髅的事，我们也就没必要瞒你了。其实，我们正在寻找一个价值连城的宝藏，只要破解了刚才你在地下室听到的密文，就能找到宝藏的所在地。

　　"关于宝藏的来历，我也简单地说明一下。一百年多前，一个大富翁把价值连城的黄金藏在了一处无人知晓的地方。他把指明宝藏位置的密文刻在了黄金骷髅上。我花了很大精力才找到一个黄金骷髅，之后又费了不少劲，才又联系上了另外两个黄金骷髅的持有者。我们准备齐心协力，一起找出那个宝藏，于是每周五晚上就约在这栋洋房的地下室一起破解密文。

　　"有一点需要说明的，我们这样做绝对不是盗窃。一百多年前的那个大富翁，是大阪府的黑井物右卫门。我是他的第四代孙子，叫黑井十吉，是某大学的德语教授。坐在我身边的这位，是缝纫机制造公司的松野社长，他是黑井物右卫门的第四代外孙。还有之前离开的那位，叫八木，是千成贸易公司的社长。他也是黑井物右卫门的第四代外孙。我们秘密碰头，是为了寻找祖先留下的宝物。"

　　"知道黄金骷髅秘密的只有你们三个吗？还有没有第四个人知道？"

"不可能有第四个人知道。"

"我明白了，你们已经发现黄金骷髅不是三个而是四个，四十面相一定知道另外一个黄金骷髅的下落，否则，他不会这么大费周章来参加密会。"

"确实如此，除此之外没有其他合理的解释。

黑井博士脸色大变："糟了！如果是这样的话，四十面相也许已经破解了密文。现在他已经逃之夭夭了，我们再到哪里去找他呢？"

"放心吧，一切都在我的掌控中。"

"什么，在你的掌控中？他在哪里？"

"您一定听说过少年侦探团吧？我已经安排了二十多名机智勇敢的少年侦探在这院子周围布控。他们不会让四十面相溜走的，应该很快就有消息传来了。"小林充满自信，由于过于激动，脸红了起来。

少年侦探团出动

地下室的密会结束后不久。

洋房后的围墙外停着一辆敞篷汽车，司机好像在等什么人，不时看向围墙。突然，围墙上探出一个金色的骷髅，不断向上升起，下面看不见身体，只有长长的黑色披风随风飘荡。汽车随即发动，驶过围墙下的时候，黑色披风飞舞起来，骷髅纵身一跃，落在汽车后排座位上。不用说，又是四十面相。

汽车载着四十面向疾驰而去，大约二十分钟后，停在近郊一条陈旧简陋的街上。这是一条小商业街，已近深夜，所有的店铺都门窗紧闭。

车上走下一个五六十岁的老人，沿着昏暗的人行道朝前走去。他身穿肥大的茶色西装，一头蓬乱的白发，佝偻着身子，步履蹒跚。

四十面相跳上车的时候，车上除他和司机，没有第三个人。此刻，车上只剩司机一个人，难道是四十面相跟这个老人调了包？什么时候？

不，这老人正是四十面相化装的。他跳上车后，就脱去骸骨外套，戴上假发套，穿上茶色西装，转眼变成了一个老态龙钟的老人。

老人沿着人行道朝前走了二十米左右，拐进了一家旧货店。商店门口摆满了破旧的地藏菩萨雕像和许多其他乱七八糟的东西，显得十分拥挤。

老人走进商店，径直来到一间放着旧盔甲和佛像的房间，在一张小桌子前坐了下来。一个十四五岁的小伙计从里屋跑了出来，站在老人面前鞠了一个躬："您辛苦了。"

"回来晚了些，有什么异常情况吗？"四十面相说话的声音都变得苍老了许多。

"您走之后，一个客人都没有来过。"

"好，你先睡吧，我来关店门。"

小伙计又鞠了一个躬，向里屋走去。

四十面相俨然这家旧货店的店主，这到底是怎么回事？

不仅如此，化装成老人的四十面相下车后，停在路边的汽车后备箱悄无声息地打开了，从里面钻出一个脸色黝黑的少年，头发蓬乱，衣衫褴褛，大约十三四岁的样子。

他先是探出脑袋，警觉地观察了一下周围的情况，确认没有危险后就轻巧地跳出了后备箱，又重新盖好后备箱盖。司机一直注视着前方，对他的一系列动作压根儿没有察觉。不一会儿车就开走了，少年留在了原地。只见他蹑手蹑脚地来到那家旧货店门前，偷偷向里张望。

老人正在打电话，声音嘶哑："他今天晚上不回家？好吧，我明天再打给他，再见。"

"那我也要睡觉了。"老人放下话筒，起身朝门口走来，准备关门。少年见状，立即悄无声息地溜走了。

　　拐过街角有一个公用电话亭，少年跑进去，拨通了一个电话号码。

　　"喂，是朝日药房吗？贵店是不是有个叫三吉的，请他接一下电话好吗？……喂，喂，是三吉吧？我是千太，马上到小林团长那儿，别耽误时间！"接着，他把刚才的所见所闻都告诉了对方。

　　朝日药房就在黑井博士的洋房附近，小林事先拜托店主，将三吉化装成店员在店里待命，一有情况立即赶到小林那里汇报。

　　第二天早上八点。

　　化装成店主的四十面相还是坐在昨晚的那张小桌前，身边摆满了佛像、旧盔甲、人偶和刀剑。他拿起电话："喂，是宫永先生吗？什么，打错了？不是九段三八五〇吗？哦，失礼了。"

　　老人咂着嘴又拨了一个号码："喂，是九段三八五〇吗？宫永先生在家吗？我是美术品店的福永。请问，您家主人起床了吗？好，好，我有话要跟他说……"

老人打电话的时候，有什么东西一直在他身后晃动，原来是一副铠甲。铠甲已经十分破旧，头盔顶上的红缨已经残缺不全，一张古铜色的面具锈迹斑斑。

老人依然专心致志地打着电话："是宫永先生吗？打扰您休息了，实在对不起。我是福永，早上好。是的，还是上次跟您说的那件东西。其实啊，希望您能把它让给我。对，我决定重金买下。怎么样，您先开个价吧？好，就按您说的价成交。好，好，上午九点，我准时登门。就这样说定了，再见。"

放下电话，老人露出了一丝不易察觉的微笑。不得不承认四十面相的化装技术简直出神入化，皱纹、眉毛、乱蓬蓬的花白头发，甚至连老花镜后的眼神都满是老相。

老人站起身，打算到化装间再次变装。忽然，他好像看到了什么，猛地停下了脚步。他瞪大眼睛，直视摆在墙角的那副铠甲："太好了，差点把这宝贝给忘了。只是这铠甲好像有什么不对劲儿……呵呵呵，害怕了吧？铠甲怎么会发抖呢？一定有人藏在里面，会是谁呢？让我猜猜看，肯定是少年侦探吧？怎么，猜错了？快出来，快出来，我已经发现你了。"

老人突然掀开头盔，取下面具，不出所料，果然是一张少年的脸，是少年侦探小林。

"果然是你。你怎么知道这里的？我化装成老头也被你识破了。这一回，我可要让你吃点苦头了。"

说着，他从衣袋里掏出一块大手帕突然塞进了小林的嘴里，防止他呼救。然后趁着小林一身铠甲活动不便，轻易将他制服，扛起他从屋角的楼梯上了二楼。

二楼的房间装有十分牢固的木门，门上还有一把大锁。四十面相把小林扔到里面，从墙角取出一捆绳子，把小林的手脚捆了个结结实实。

"你就老老实实待在这里吧。放心，我不会让你饿死的。"

说完，他走出房间，锁好了房门。一阵下楼的脚步声后，二楼变得一片死寂。

小林躺在地板上环视整个房间，进来的木门已经从外面锁上了，墙上有窗，可窗户外侧有铁制的防盗网，看来很难从这里逃出去了。

四十面相刚才在电话里说的是什么？他要高价收购的，大概是第四个黄金骷髅吧？如果四十面相抢先弄到第四个黄金骷髅，破解了密文，那……

距离约定与宫永先生会面的九点钟，只有不到四十分钟了。

黄色烟雾

　　小林躺在地板上，脸上没有丝毫沮丧，甚至还有些许笑容。虽然双手被反绑在背后，可他的右手手指却一刻不停地动作着。只见他的食指和中指在绳索间来回移动，仿佛拉着一把小锯。绳索很快就被割断了，他又用力甩了几下，双手就彻底自由了。原来就在刚才被四十面相扛上二楼的时候，他已经偷偷取出刀片藏在了手指之间。

　　只要双手可以自由活动，接下来的事情就简单了。小林取出嘴里的手帕，松开腿上的绳子，转眼间就恢复了自由。他站起身来，用尽全身力气推门，但木门纹丝不动。他又打开壁橱，寻找可以利用的东西。

"好，就用这个。"他一边自言自语，一边从壁橱里取出三只坐垫放在地板上，然后取出藏在皮带里的小包。

小包里有三支二十厘米左右的竹筒、三四个气球和一小捆铁丝。小林看着这些东西，脸上露出了得意的笑容，似乎这些小玩意儿就是他施展绝技的秘密武器。

小林先拿起一个气球，拼命往里吹气。气球渐渐变大，颜色十分古怪。一半黑色，一半黄白相间。不一会儿，气球就被吹得跟小林的脸一般大，仿佛屋里有两张小林的脸。没错，就是两张脸，气球变成了一个人的脑袋——黑头发，耳朵和鼻子稍稍突出，还有眉毛、眼睛和嘴巴，跟小林一模一样。

小林把气球扎好，又端详了一番："哈哈，做得真像。"

小林究竟要拿这个气球做什么呢？坐垫、竹筒和铁丝，这些东西能帮助小林脱身吗？

四十面相把小林关在二楼房间后，收拾了一下桌子，锁好保险柜，就准备出门了。就在这时，二楼房间里传来喊叫声："着火了，着火了！"

他跑到楼梯口朝楼上看去，果然，白色的烟雾正向四处弥漫。二楼怎么会起火？他赶紧跑上二楼，只见关押小林房间的门缝里，正冒出一缕缕黄色的烟雾。忽然，听不到小林的声音了，难道他已经不省人事了？

四十面相赶紧取出钥匙打开门锁。门开了，滚滚浓烟扑面而来，房间里全是烟雾，什么也看不清楚。他不由得用手遮住眼睛，连连后退。当他再次冲进烟雾里的时候，模模糊糊地看到小林正仰面倒在地上，身上还绑着绳子。

他顾不得多想，掏出手帕捂住嘴巴和鼻子，朝躺在地上的小林冲了过去。与此同时，一个矮小的身影从门后溜了出去，而且还关上木门，上了锁。四十面相对此没有丝毫察觉，他一心只想尽快救出小林。

但奇怪的是，越往房间里面走，烟雾越是稀少，而且根本没有发现火源。四十面相来不及多想，冲到小林身边，试图扶他起来。突然，小林的脑袋离开肩膀，飘了起来，就连四十面相都被这突如其来的诡异一幕吓懵了。只是很快他就恢复了冷静，赶紧查看小林的身体——软绵绵的，柔若无骨——原来是三个坐垫，上面罩着一块布，然后用铁丝扎成了人形。四十面相左看右看，只发现门内角落的三支竹筒还在一个劲儿地喷射烟雾，原来是特制的烟筒。

　　四十面相这才发觉自己上当受骗了，气急败坏地打算下楼追赶。可小林早已溜之大吉，就算想要追赶也无从下手。四十面相只能唉声叹气，后悔莫及。

　　小林会报警吗？也许警方正在赶来。自己已经与宫永约好上午九点登门拜访，若稍有犹豫，恐怕就来不及了。可是如果自己与宫永之间的通话被小林偷听，那小子肯定会抢先通知宫永家。此时此刻，说不定宫永家周围已经布下了天罗地网，正等着自己自投罗网呢。

眼看四十面相已经无计可施了，只能放弃黄金骷髅和这家旧货店，在警方赶来之前逃之夭夭了。但四十面相从来不肯轻易认输。他喜欢冒险，尤其喜欢像这样的冒险。越惊险，越刺激，他会越感兴趣，而且智计百出。

他弯腰捡起三支烟筒，随手从窗口扔到院子里。然后转身准备出门，没想到房门已经被小林反锁了，可四十面相非但没有愁眉苦脸或者恼羞成怒，反而笑出了声。对他来说，打开房门只是小菜一叠，不必动什么脑筋。

"现在必须要发挥我的聪明才智了。小林，你给我等着，一定要给你点颜色瞧瞧。"

先下手为强

　　小林巧妙脱身并将四十面相反锁在楼上后，一路飞奔，朝路边的电话亭跑去。根据刚才听到的九段三八五○号和宫永的姓名，在电话黄页里翻找。找到了！宫永庄太郎。确认地址后，他立即拨通了侦探事务所的电话，向明智先生详细汇报。

　　"是先生吗？我是小林。我刚才把四十面相反锁在了那家旧货店的楼上，现在在商店附近的电话亭里……气球和烟筒果然让四十面相上当了……先生，四十面相在电话里与一个叫宫永的约定九点钟去他家里会面，地址您记好了……那个叫宫永的人，家里可能收藏着第四个黄金骷髅。四十面相打算冒充美术品商店的店主上门收购。

"我这就去宫永家，也请先生赶快去。毕竟像我这样的少年人微言轻，宫永先生可能不会轻易相信。我原打算尽量不给先生添麻烦，可这一回不得不请先生出马了……另外，也请先生尽快通知警方……糟了，四十面相说不定会破门逃走抢先赶到宫永先生那里，也请先生马上提醒宫永先生，无论什么人登门收购都不能答应……好，我拦一辆出租车到宫永家去。先生，请您务必尽快赶来！"

小林一口气说完，当听到先生说"知道了"的时候，总算松了一口气，他跑出电话亭拦了一辆出租车，赶到宫永家时，已经九点十分了。

宫永家在一条安静的住宅街上，十分气派。小林按下门铃后，走出一个年轻的小伙子。

"我是明智侦探事务所的少年侦探小林芳雄，在此之前事务所应该已经打过电话了吧？"

"是的，明智先生已经来了，我们正在等你呢。请跟我来。"

小伙子在前面带路，将小林领进了会客室。

"果然是先生，竟然比我先到了。"小林心里想着，跟着小伙子走进了豪华气派的西式会客室。明智先生和主人宫永先生正隔着一张圆桌在谈话。桌上放着一个黄金骷髅，跟前一天晚上在地下室看到的如出一辙。

"小林，你怎么才来。宫永先生，我来介绍一下，他是我的助手，少年侦探小林芳雄。别看他还只是一个孩子，可这起案件一直是他负责侦查的。"

"啊，原来你就是小林，我常在报上见到有关你的报道。快请坐，明智先生一直在夸你呢。"

宫永先生看上去五十来岁，相貌堂堂，头发已经花白。脸色红润，戴着一副金丝眼镜，满脸和善。他身穿宽大的和服，腰上系着一根宽布带，悠闲地靠在单人沙发上。

"宫永先生，虽然四十面相已经被小林锁在了旧货店的二楼房间里，但他绝不会半途而废，我们千万不能大意。我估计他已经逃离了那家旧货店，正伺机而动。"

"真没想到，美术品商店的店主竟然是四十面相化装的。如果你们今天不来，黄金骷髅很有可能已经卖给他了。这是我十年前买来的，根本不知道还有什么宝藏。"

"是啊，黄金骷髅的真正价值在于那行小字，那可绝对是价值连城啊。四十面相看过那行字了？"明智问道。

宫永先生点点头："是的，他已经看过了。不过，既然他要高价买下它，恐怕他并没有完全记住这行字的具体内容。或者说，他这么做只是避免我手中的黄金骷髅落入博士他们三人的手里。"

"这两种可能性我们都要考虑。这行字十分晦涩难懂，不抄在纸上很难记住。"

明智说完，把黄金骷髅托在手上，翻转过来紧盯着后脑勺下端的那行字。

"倒楼枯作油海金……倒楼枯作油海金……这种词句没有明确的意思。宫永先生，您研究过这行字吗？"

"当然，这毕竟是一件贵重的工艺品。我曾试着分析过，也让我的朋友们仔细看过，可没有一个人能读懂它的意思。我曾经想过这也许是一种密文，可没有想到过这行字能带来惊人的财富。"

"嗯，既然您让朋友看过，走漏了消息也就不足为奇了，否则四十面相不可能突然化装成美术品商店的店主，冒险登门重金收购。"

明智说完又盯着那行字琢磨起来，虽然一时还弄不清楚它的含义，可这行文字已经深深印刻在他的脑海里。仔细端详了好一会儿后，明智放下手中的黄金骷髅，对大家说要去洗手间，就起身跟在刚才那个带小林进来的小伙子身后离开了会客室。

年轻工人

　　明智进了洗手间，那小伙子便离开了。

　　明智关上门，从口袋里取出一截铁丝，弯了几下后插进锁孔，只听"咔嚓、咔嚓"几声，门被锁上了。这样一来，从外面即使用钥匙也开不了门了。

　　他究竟想干什么？

　　洗手间安装盥洗台一侧的墙上有一面大镜子，明智对着镜子自言自语："呵呵，明智先生，这一回我可要不告而别了。"

　　说完这莫名其妙的话后他轻声一笑，一把抓住自己的头发拽了起来，原来是特制的假发套。假发套下是一头乌黑的短发。镜子里的明智变成了一个身份不明的陌生男子。

男子把假发套放在盥洗台上，又取出一个化妆盒，打开盒盖，一番涂抹，原本白皙的脸色变成了褐色。他又将眉毛涂得又粗又浓。转眼间，一张被风吹日晒得黝黑粗糙的年轻工人的面孔出现在了镜子里。

男子对着镜子得意地笑了。接着，他几下就脱去了黑色西装和衬衫，露出里面破旧的毛线衣。他把脱下的上衣和衬衫团成一小团，塞进垃圾桶，裤子则反穿在身上，一个绅士转眼间变成了一个年轻工人。裤子正面是高级毛呢，反面则是破旧的灯芯绒——这是为了化装特制的。

从走进厕所到化装完毕，不过几分钟时间，大侦探明智小五郎就变成了年轻工人。

他对着镜子又仔细检查了一番，嘴角牵起一个得意的微笑，然后卷起毛线衣，取出藏在里面的皱巴巴的鸭舌帽，又从鸭舌帽里取出一沓纸拿在手上，最后将鸭舌帽戴在了头上。这些化装道具显然是他早已准备好的。

年轻工人用刚才弯曲的铁丝打开洗手间的门，悄悄来到走廊上。见四下无人，就轻手轻脚地径直向玄关走去。

警方接到明智侦探事务所的电话后，马上派人赶赴现场。此时，宫永家大门口已经有四五个身穿便服的警官。

年轻工人一边低头翻阅手里的那一沓纸，一边朝警官把守的大门口走去。

一个警官上前问道："喂，你是什么人？"

"电力公司的抄表员。"年轻工人把手上的纸递到警官眼前。纸上印有电力公司的字样，下边是表格。

"原来是电力公司的。"警官朝他点点头，年轻工人恭敬地行了一个礼，快步离开了。

警官们接到的任务是等待化装成美术品商店店主的四十面相自投罗网。从洋房里面出来的人本就不是重点关注的对象，而且那人只是个电力公司的抄表员，更不必盘问。

年轻工人离开后五六分钟，一辆轿车停在大门口，一身黑色西装的大侦探明智小五郎下了车，径直来到警官面前。

"您好，明智先生。"一个身穿便服的警官走到明智面前，表情十分古怪。

"大家辛苦了！有什么人来过吗？"明智一边跟大家打招呼一边询问。

警官不知如何回答是好，满脸疑惑地看着明智："您真是明智先生吗？"

"当然，难道我身上有什么可疑的地方？"

"是的。我们是十分钟之前驱车赶到这里的。听这家用人说，明智先生与小林正在会客室里与他家主人谈话。因此，我们都以为您在屋里。可现在，又来了一个自称明智先生的人，这真是……"

"什么，说我在会客室里，会不会听错啊？那我问你们，刚才有什么人出去过吗？"

"有，有，一个电力公司的抄表员，刚走不久……"

"走了多长时间？"

"大概五分钟吧。"

"糟了，又让他跑了。那多半是化装成我的那个家伙，又化装成电力公司的抄表员，在你们的眼皮底下溜走了。"

"什么？"

"刚才出去的家伙，很有可能就是四十面相。他趁我还没有到达之前冒充我，抢先记住了黄金骷髅上的文字。他可是化装高手，之前就多次化装成我蒙混过关。这一回，他先化装成我，再化装成电力公司的抄表员，骗过了你们。这也是他最近惯用的手法，我的推理应该不会有错。等一会儿见到宫永先生后，就什么都清楚了。但是……"

"先生，实在对不起！我们太大意了。我们马上布置警戒线，他那身打扮很显眼，应该可以找到。"

"不行，那家伙肯定已经重新变装了。我敢肯定，现在根本找不到什么电力公司的抄表员。"

见到宫永先生和小林后，明智的推理很快得到了印证。四十面相的化装术竟然连小林也骗过了。

四十面相就这样得到了最后一个黄金骷髅上的密文，然后巧妙地脱身了。剩下的只是将所有密文放在一起破解了。明智赶紧把宫永先生那个黄金骷髅上的密文抄录在笔记本上，加上小林探知的三句密文，他必须赶在四十面相之前破解密文，找出宝藏。只是这密文实在不是可以轻易破解的，他决定先返回事务所，再专心破解密文。

破解密文

　　那天午后，明智侦探事务所来了三个客人，分别是黑井博士、松野社长和八木社长，每人手里都有一个黄金骷髅。明智一回到事务所，便待在自己的书房里专心致志地研究四句密文。半个小时过后，他终于找到了答案。于是，他让小林打电话请黑井博士他们三人马上来事务所，共商大计。

　　五个人围坐在会客室，中间的桌上放着三个黄金骷髅。明智摊开抄有四句密文的纸张，开始解释："这四句密文连起来，应该是'快进油头尽偏左，几户深陷山哥河，处流随东沿上刀，倒楼枯作油海金'。这显然不能表达任何明确的意思。如果倒过来念，则是'左偏尽头油进快，河哥山陷深户几，刀上沿东随流处，金海油作枯楼倒'。虽然还是不明确，但总算能看出一点端倪了。但是句子似乎不够连贯，所以你们已经想到应该还有第四个黄金骷髅，需要补上其他内容。现在我们已经找到了第四个黄金骷髅，把上面的密文补上去后，我们再来看。

"在这四句中，'河哥山'的意思最明确，即和歌山县。于是，我找来和歌山县的地图，经过一番比对，很快找到了答案。在和歌山县境内的新宫与串本之间的海边，有一个叫做森户崎的小镇。也就是说，'河哥山陷深户几'应该念作'河歌山县森户崎'。

"我发现森户崎小镇附近的海上有一座骷髅岛，由此可见，'金海油作枯楼倒'中的'枯楼倒'应该念作'骷髅岛'。也就是说，'金海油作枯楼倒'，应该念作'近海有座骷髅岛'。而'尽头左偏油进快'呢，应该念作'尽头左边有金块'。剩下的'刀上沿东随流处'，应该念作'岛上岩洞水流处'。

"这四句话连起来，应该念作'和歌山县森户崎，近海有座骷髅岛，岛上岩洞水流处，尽头左边有金块'。

"我又找到从串本迁居东京的朋友，向他打听森户崎附近的海上是否有座骷髅岛，果然不出我所料。据说，那座骷髅岛在距离森户崎小镇四公里左右的浅海区域。由于该岛形状酷似骷髅，人们都称它为'骷髅岛'。该岛直径大约六百米，周围尽是大大小小的岩石。整个骷髅岛也是由岩石组成的，环境十分恶劣，至今没有人在岛上居住。而且海水夜以继日地拍打骷髅岛，岸边不时出现漩涡，很危险，所以附近的渔民们也很少把船停靠在那里。这一切对于藏宝人来说，简直就是最理想的地方。"

明智说到这里，稍稍停顿。黑井博士三人为探索黄金骷髅的秘密费尽心机却依然一无所获，现在，眼看大侦探明智小五郎就要揭开最后的谜底，不由得正襟危坐，紧张地注视着明智的一举一动。

"宝藏肯定就在骷髅岛上。具体地点，应该是岛上一个流水的岩洞里，走进岩洞后一路左转，就可以找到宝藏了。"明智信心十足地断言。

听完明智缜密的推理分析，三人佩服得五体投地，还是黑井博士先开了口："谢谢您，我们全明白了，不愧是大名鼎鼎的明智先生，轻而易举地破解了百年前的谜题。但我还是有点担心，四十面相已经知道了全部的密文，他会不会也已经破解了密文？"

黑井博士的担心绝非杞人忧天。松野社长和松野社长也忧心忡忡，不知所措地望着明智。

"确实有这个可能，四十面相在这方面本就与我不相伯仲，既然我能这么快解开谜题，他应该也能很快找到答案。"

"他会不会已经出发去和歌山县了？"

"很有可能，我也一直在担心这一点。我有一个主意，但是必须经过你们的同意。因为黄金骷髅的秘密一旦公开，可能会给你们带来麻烦。"

"没关系，我们不会有什么顾虑，我们又不是阴谋抢夺他人财产。祖先的宝藏后代寻得，理所当然，天经地义，我们完全可以理直气壮地面对可能出现的各种复杂情况。我们只是担心，秘密一旦公开，各种居心叵测的家伙会蜂拥而至。"

"你们的意思我明白了。既然如此，我有一个好办法。只要你们按照我说的去做，即便四十面相已经离开东京也能追上他，还能赶在他前面。"

"真的？什么好办法？"黑井博士又惊又喜。

"你们坐报社的飞机去。我和报社的社长是好朋友，已经事先跟他谈妥，答应他独家报道这个大新闻，作为交换，他必须把报社的飞机借给我们。具体细节我还没跟他说，但他十分信任我，已经同意了，还答应派一个技术出众的飞行员驾驶。"

"那太好了。不过报社的飞机应该坐不下我们这么多人吧？"

"除飞行员外只能再坐三个人。你们三人中选出两个，和我的助手小林先坐飞机去，怎么样？我手头还有一个人命关天的大案，实在脱不开身。小林的能力你们已经大概知道了，我相信他完全可以胜任这次的任务。"

　　"那我们就听从明智先生的安排。"黑井博士一扫先前的忧虑，果断地表示赞同。

漆黑的眼睛

最后商定让小林和黑井博士、松野社长坐飞机先行出发，八木社长则带着一个助手坐火车前往。

黑井博士、松野社长和小林准备了望远镜、大型手电筒、登山绳、登山杖等各种工具，换好轻便的户外服装后就匆匆赶往机场。

只用了不到一个小时，飞机就降落在了名古屋郊外的机场。事先电话订好的汽车早已等候多时，三人一下飞机，便马不停蹄地坐车赶往火车站，坐上特快列车来到三重县最南边的终点站，随后又租了一辆汽车赶往森户崎。

这是一个小渔村，他们到达的时候已经是晚上八点，幸亏镇上有一家小旅店，三人入住后便立即给东京的明智侦探事务所发了一份电报，又向列车终点站发了一份电报，请车站将他们借宿的旅店名称和地址通知随后赶来的八木社长。

　　即便四十面相比小林他们更早离开东京，顶多提前两到三个小时，并没有合适的航班，所以他只能坐火车。现在他应该还在火车上吧？或者他乘坐的火车刚到终点站？这个时间已经没有车了，而且路途遥远，今天晚上，四十面相无论如何到不了小镇了。他多半会在途中的某家旅店住一晚，明天一早再租车赶来。因此，三个人只要明天一早能坐上开往骷髅岛的船，就不必担心四十面相抢先了。

　　发完两份电报后，三人找到旅店主人询问有关骷髅岛的情况。

　　旅店主人年近六十，一听说三人要去骷髅岛探险，又是摇头又是摆手，满脸的惊恐："我不知道你们为什么要上岛，但最好别去冒那个险。那是一座魔岛，上面住着一个魔鬼。"

黑井博士当然不信这一套,满脸微笑地问道:
"是什么样的魔鬼?"

　　"具体我说不上来,也没有人能说清楚,因为
见过那个魔鬼的人都已经死了。大概是五六年前
吧,有个年轻渔民不听大家的好言相劝,冒险进入
骷髅岛上的洞穴深处。传说那是一个没有尽头的洞
穴,但小伙子执意要弄清洞穴的尽头在哪里,于是
就拿了电筒一直朝洞穴的深处走去。他的朋友们只
得在洞外等他。等了很长一段时间,仍不见他出
来。就在大家等得心急如焚的时候,突然……"老
头说到这里戛然而止,惊恐地打量了一下四周。

　　"后来怎么了?"小林急于知道结果。

　　"……洞穴深处传来一声惨叫。就在大家不知
所措的时候,那个小伙子跌跌撞撞地冲了出来。他
身上的衣服已经破烂不堪,不知道是不是被锋利的
岩壁划的。只见他脸色惨白,刚跑出洞口便一头
栽倒,昏迷不醒。大家赶紧把他抬到船上并送他
回家。小伙子打那以后一病不起,无论大家怎么问
他,什么也不肯说,每天从早到晚,只是一个劲儿

地说胡话。不到一个月就一命呜呼了。"

"那年轻人说了什么胡话?"黑井博士问。

老人又警惕地扫视了一圈后才说:"据说说了好多稀奇古怪的事情,可谁也听不明白。大概是'真可怕!快救救我!两颗又大又黑的眼珠一直盯着我'之类的。谁也不知道他说的黑眼睛是什么。还说什么'金色的妖怪……金色的獠牙……一口吃掉我'等等。总之就是那岩洞里住着什么不知名的可怕妖怪。从那以后,渔民们再也不上骷髅岛了。"

听店主说完,三人面面相觑。虽然大家并不相信什么传说中的妖怪,可最头痛的是也许没有一个渔民愿意为他们驾船摆渡。

黑井博士稍稍考虑了一下,站起身打算说服这个老人:"老人家,我们上岛探险是有原因的。不管会遇到什么艰难险阻,不管岛上有什么妖魔鬼怪,都动摇不了我们的决心。小船只要送我们登岸就行了,既然妖怪在岩洞里,这样应该不会有什么危险。我们会重金酬谢的。请帮我们找一个胆大的船老大来。"

黑井博士费尽口舌，还是说服不了店主。最后，他直截了当地开出高价——船主、船老大和向导，每人十万元。

老人考虑了很久，终于松了口："好吧，我去帮你们问问。"

半小时后，他带来三个渔民。

"他们说了，如果真的给他们那么多钱，就答应送你们到骷髅岛上。但他们无论如何不会上岛，更不会进岩洞。"

船主看起来大约五十岁，船老大和向导都只有二十来岁，看上去身强力壮。

黑井博士、松野社长和小林三人经过商量，同意雇佣他们，商定次日凌晨出发。之后又询问了一些出海的注意事项，就让他们回去了。

骷髅岛

　　第二天一大早，三个渔民准时来到旅店接小林三人上船，并说船早就准备好了。三人收拾好行装，带上探险工具和让旅店准备的食物，就跟着渔民赶往码头。等他们来到码头，太阳才刚刚升起，远处的海平面仿佛被镀上了一道红边。码头上停着一艘小船，引擎已经发动，随时可以出发。

　　黑井博士、松野社长和小林三人先后登上小船。前来送行的店主一遍又一遍地叮嘱："还请务必小心，平安返回！"

　　"谢谢。那信号的事就拜托了。"黑井博士彬彬有礼地说，店主点了点头。

他们说的"信号"究竟是什么？稍后大家就会明白的。

小船驶离码头，直奔骷髅岛而去。这时，太阳已经跃出了海面，广阔的海面在阳光的照耀下一览无余。

"看，那就是骷髅岛！"小林站在船头，指着远处海面上的一个小黑点大声说道。随着小船越驶越近，一座嶙峋怪岩组成的小岛越发清晰地映入了大家的眼中。

"为什么叫骷髅岛呢？我一点也看不出它像骷髅。"

"在这里看是不像，但是如果爬到我们村子后的大山顶上远远看去，就会发现简直跟一个飘浮在大海上的骷髅一模一样。"

虽然从海面上看不出这小岛像骷髅，但岛上嶙峋的怪岩确实让人感到不寒而栗，仿佛真的有魔鬼住在岛上。小船在颠簸中前进，骷髅岛在大家眼中越来越大，直至占据了大家的全部视线。

"我们只能停在这里。"船主关了发动机，年轻的渔民操起长竹竿，将船驶入湾汊停靠，另一个渔民则跳到岩石上接住抛过去的缆绳，牢牢系在岸边的岩石上。

小船停稳后，大家一个接一个地登上了骷髅岛。

上岸后，黑井博士站在岩石上看着三个渔民，认真地说："我想跟你们三人说一件事，你们听说过四十面相吗？"

一个年轻的渔民答道："当然听说过。说是那个大盗可以轻易化装成四十个模样，报纸上经常有他的新闻。四十面相怎么了？"

"四十面相可能也要来这里。"

"什么？他也要来这里？"

"是的。你叫五郎吧？"黑井博士问一个年轻渔民，"我听说你会打旗语，能不能请你找一个高的地方爬上去，留意村里的动静。旅行包里有望远镜，你就用它监视旅店的屋顶。我已经拜托店主再找一个会打旗语的人，如果东京方面有人来，就让他爬上旅店屋顶用旗语跟你联络。今天从东京赶来村里的，不仅有四十面相，还有八木社长等人。只要村里的旗语通知八木社长到了，你就马上通知船老大开船回去接他们上岛。如果来的是其他来历不明的人，不但不能回去接他们，还要设法阻止他们坐其他的船上岛。不必担心，四十面相最厌恶流血和杀人，所以大家不会有什么危险。我们大家只要齐心协力，就能阻挡他上岛，听明白了吗？"

"明白了。"虽说这三个渔民只是为了赚钱，并不想冒险，但一上了这座小岛，倒也勇敢起来，尤其是两个年轻渔民，非常兴奋。

"好，我爬到悬崖上监视旅店方向，你帮他们背行李，为他们带路。"五郎从旅行包里取出望远镜和红白手旗，敏捷地朝悬崖上攀登。

黑井博士又对那个年长的渔民说："你留在船上监视海面。"

说完，又吩咐背旅行包的年轻渔民："听说岛上有两个大洞穴，我们要去的那个，是流水的洞穴。"

"知道了。就是那个盘踞着魔鬼的洞穴。你们是冲着那家伙来的？"年轻渔民说完，大笑起来，看起来也是个天不怕地不怕的人。

这本就是一座无人居住的小岛，根本没有现成的路，到处都是些高低不平的岩石。四人排成一列纵队，朝岛中心出发。

走了一会儿，他们来到一处被两座悬崖夹在中间的低谷。两边的岩壁如屏风一般，他们走在谷底，仿佛置身阴暗的黄昏，在湿冷的海风的吹拂下，让人禁不住后背一阵阵发凉，仿佛岩石背后随时都会有怪物跳出来。

"听，什么声音？"突然，黑井博士停下脚步，四下观望。

大家竖起耳朵，果然有声音，但不知是从哪个方向传来的，令人不寒而栗。这绝非小岛四周海浪拍打岩石的声音，难道是岛上的恶魔正从流水的洞穴往外爬？

"别这么大惊小怪的，只是岩洞的水声。"走在前面的年轻人一副若无其事的样子。

"你说声音是从岩洞里传出来的？"

"不，是瀑布，是瀑布下泻的水声。"

难怪密文里有"水流处"三个字，原来是这么回事。

又朝前走了一会儿，走在前面的年轻人突然大声说道："看，那就是瀑布，从那个岩洞里流出来的。"

众人转过一个弯，眼前是一座又高又陡的悬崖峭壁，崖下有一个巨大的岩洞，如同巨兽张开的大嘴。水就从那里涌出，直冲谷底，形成了一处浅湾。与其说是瀑布，更像是激流，因为落差只有不到两米。

"真让人不可思议，这么小的岛，怎么会有这么多水？究竟从哪里冒出来的？"黑井博士感叹道。

一旁的年轻渔民解释道："那是海水。岩洞深处一定是通向大海的，涨潮的时候海水就会涌进洞里，因为洞口地势较低，所以海水又从这里涌出。退潮的时候这瀑布就没有了。"

"这么说，退潮之前我们无法进入这个岩洞。

还要多久才会退潮呢？"

"大概还有两个小时。接下来，水势会越来越弱，但完全退去还需两个小时。"

在这种地方等两个小时，实在是一种煎熬，但顶着激流进入岩洞也实在不现实。众人无可奈何，只得对附近地形勘察一番后，回到五郎所在的那座悬崖下，一边留意五郎的动静，一边稍做休息。

"你叫什么名字？"黑井博士问道。

"我叫大作，跟五郎是好朋友，人称'不怕死的大作'。"

"这倒是个很有趣的外号。那你一定什么都不怕了？敢不敢跟我们一起进洞探险？"

"进洞也不是不行，不过还是不去的好。万一真的是妖怪什么的，我可对付不了。"说完，大作傻乎乎地笑了起来。

"昨天晚上，店主说曾经有一个年轻人在岩洞里遇上妖怪后就死了，当时你是不是也在洞外？"

"是啊，我们都在洞外等他。那个叫熊吉的，是连滚带爬从洞里出来的，当时他脸上没有一丝血色，显然是吓破了胆，我们也都吓坏了。你们难道不怕？"

"你以前听说过这岩洞里有妖怪吗？"

"听说过。传说在很久很久以前，岩洞里就盘踞着一个可怕的家伙，所以才没有人上这儿来。可熊吉那家伙非要到洞里看个究竟，结果……"

这时，坐在一旁听他俩对话的小林忽地站起身，指着悬崖上说："瞧，五郎在打旗语，肯定是有人来村里了。"

大家赶紧起身看着悬崖上的五郎。

"是……谁？是……谁？"小林看着五郎的动作给大家翻译旗语。只见五郎重复了两次同样的动作，然后举起望远镜，查看旅店屋顶上的旗语回复。

八木社长

不一会儿，五郎放下望远镜，对悬崖下的众人喊道："是八木社长，他还带着两个人，现在三人正在旅店。"

"好，快点让船回去接他们上岛。"黑井博士难掩兴奋。

五郎马上朝小船停靠的岸边跑去，通知船老大。于是，小船又发动引擎，朝渔村驶去。

小船一去一回需要一个多小时，黑井博士他们只能焦急地等待。半个小时过后，小船载着八木社长一行三人向小岛驶来。

"呀，八木社长怎么了？头上扎着绷带，左手上也缠着绷带，出什么事了？"等看清了船上的情况，黑井博士不禁担心起来。

又过了一会儿，引擎声戛然而止，小船停靠在了岸边。八木社长一行三人登上骷髅岛，径直朝黑井博士他们走来。

"怎么，受伤了？"黑井博士一脸关切。

"摔了一跤。中途下车休息的时候，没留神从一处矮崖上摔了下来。幸好事先带来了备用的消毒棉、红药水和绷带，当时就包扎好了，不碍事……这两位是我从东京请来的帮手，他们都是我的好朋友，可以信赖，而且还是登山家，算得上最佳人选。"

八木社长向大家介绍了跟他一起来的两个年轻人。两人都是二十五六岁，体格健壮，不比两个年轻渔民逊色。

大家又说了说分头行动后各自的状况，很快，退潮的时间到了，年轻渔民告诉大家，岩洞里的瀑布很快就会消失了。于是大家先填饱了肚子，然后就沿着高低不平的岩石返回了岩洞入口处，准备进洞探险。

两个年轻的渔民无论如何不愿进洞，探险队只得由六人组成。他们是黑井博士、松野社长、小林、八木社长以及由他带来的两个年轻人。

六人排成一列纵队，每人配备一个手电筒。黑井博士、松野社长和八木社长各持一根手杖，小林和两个年轻人则拿着登山杖。这手杖和登山杖既可用来探路，又可作为应急武器。

据说岩洞里岔路众多，简直就像一个迷宫，于是众人拿出事先准备好的长绳，绑在洞口的岩石上，然后才一边放绳子一边前进。有绳子作为路标，就不用担心迷路了。

八木社长带来的两个年轻人一个打头，一个断后，中间依次是黑井博士、小林、松野社长和八木社长。

大家一边走，一边拿着手电筒不停地四处探查。岩洞里怪石嶙峋，仿佛巨兽的嘴巴，六个人正向喉咙深处走去。洞内常年不见天日，异常阴冷，海水的冲刷使得脚下又湿又滑。

岩洞入口处非常宽敞，可越往里走越窄。不一会儿，他们来到一个三岔路口，右边那条路湿滑却宽敞，左边的路十分狭窄，是一条很陡的上坡道。

"按照密文的指示，我们肯定是要走左边这条路的。"黑井博士说道。

众人进了左边的岔路，坡道越来越陡，最后不得不趴在地上匍匐前进。

"我明白了……这么陡的坡道，即便涨潮也不会有水淹到这里，所以才能把宝藏藏在这里。"小林的解释让黑井博士连连点头。

"是啊，我也是这么想的。这里确实是最安全的地方。只有退潮的时候才能进来，即便进来了，也不会想到竟然会有宝藏藏在里面。"

众人沿着狭窄的上坡道爬了好一会儿，坡道终于开始趋于平坦。可很快又变成了下坡道，忽左忽右，转来转去，一直向下延伸。事先准备的两百米的长绳已经用去四分之一，也就是说从岩洞入口处朝里已经走了五十多米，看样子还得继续深入。

坡道越来越陡，很多地方只能蹲下身子通过。好在很快岩洞又开阔起来，甚至有些地方的洞顶用手电筒已经照不到了。再往前，坡道又变得狭窄起来。

就这样走了好一阵子，路面渐趋平坦，可毕竟是在岩洞里，脚下依然坑洼不平，稍有不慎就会摔倒。一路上岔路越来越多，一行人只是严格按照密文的指示，但凡遇到岔路，一律选左边的。

比起之前的上坡道，下坡道要长得多，众人现在所在的地方应该已经在海平面以下了。但具体的方位和方向，已经没有人能说得清了。如果长绳用完还没找到宝藏，又该怎么办呢？而且渔民们口中的妖怪一直没有出现，或者，这洞里会不会有比妖怪还要可怕的东西？

岩壁和黑影

长绳放到一百多米的时候，岩洞再次开阔起来，洞顶和两边的岩壁都超出了手电光的照射极限。六个人好像置身无边的黑暗之中，开始胆怯起来，仿佛正一步步远离人间，走向未知的异界……

突然，黑暗中响起一声惊呼："岩石在动！"

混入了回声的惊呼仿佛不是人发出的，又好像四面八方围着好多人在说着同一句话。大家不由得倒吸一口冷气，停下了脚步。

由于事发突然，大家冷不防被吓了一跳，等明白只是回声而已，很快就重新稳住了心神。但岩石在动这件事却不能不在意，如果岩石真有什么异动，导致岩洞塌方，所有人都没有半点机会逃出生天。于是大家都站在原地，紧张地注视着小林手电筒照出的光圈。

光圈在大约五米外的岩壁上慢慢移动。岩壁凹凸不平，在光线的映照下呈现出一种淡灰色，整片岩壁宛如波浪起伏，又像沉甸甸的稻穗随风飘荡。

如果岩壁在动，那地面应该也会一起晃动，但大家都没有这种感觉，这实在是太不可思议了。

"我明白了。"一直盯着岩壁的小林说道，于是黑暗中又响起了"明白了，明白了……"的阵阵回声，"是螃蟹，是螃蟹在岩壁上爬。"

"这儿也有一只，爬到我的裤腿上了。"是黑井博士的声音。

这里似乎是螃蟹的老巢，巨大的灰色螃蟹到处都是，大家纷纷跺脚甩手，试图把爬到身上的螃蟹甩掉，还伴随着不时的呼喝，岩洞里顿时乱作一团。

探险队一行六人开始紧张起来，他们像逃跑似的，拼命往岩洞深处跑去。一路上，又一连向左转了好几个弯。就在长绳放出大概一百二十米的时候，不知又是谁"哇"的大叫一声，这次的回声没有之前那样强烈，却也出现了"嗡嗡"的声音。

"这岩洞里有动物。"是黑井博士的声音，"刚才好像有什么东西撞在我身上，好像是猴子一类的动物。如果是人，可能是侏儒。"

"会不会是你的错觉？这地方不可能有那种东西。"是松野社长的声音。他原本就跟在黑井博士身后，但刚才在螃蟹洞的一阵混乱中，他落到了队尾。

"不，是真的，我也看到了，模样像猴子。"八木社长说。他不知什么时候已经到了黑井博士身后。

既然两个人都看到了，就不能说是错觉了。这岩洞里肯定有什么可疑的动物。难道是那个年轻渔民见过的妖怪？可黑井博士和八木社长都没能看清一闪而过的动物。根据他俩的说法，一个黑影从黑井博士前面蹿出，撞在了黑井博士身上，然后就向后跑开了。

这支探险队里没有人相信妖怪的存在，但两人言之凿凿，让所有人都不由得提心吊胆，不知不觉间都停下了脚步。

就在这时，背后的黑暗中传来一阵诡异的笑声，难道是刚才那动物在嘲笑这些人？所有手电筒一齐照向声音传来的方向，但那动物动作太快了，找了半天，什么都没有发现。大家更加紧张了，此时可谓进退两难。但已经深入至此，想要退出岩洞显然不是一时半会儿可以做到的，于是只好硬着头皮继续在黑暗中摸索着前进。

"大家累了吧？就在这里稍稍休息一会儿吧，我准备了咖啡，大家都喝点儿提提神。"黑井博士说着取出一个保温瓶递给身后的人。

大家都已经筋疲力尽，高度的紧张更是让人口干舌燥，于是都喝了些咖啡。咖啡又苦又涩，跟平时喝的味道不太一样，但这种时候已经顾不了这么多了。

"大家都喝了吗？"保温瓶再次传回黑井博士

手中之后，他向大家确认。

"都喝了，味道好极了。"他身后的八木社长答道。但后来才知道，只有三个人喝了咖啡，还有三个人根本没喝，准备咖啡的黑井博士就是这三人中的一个。

休息片刻后，大家又站起身来继续前进。随着不断深入，岩洞里越来越黑，也越来越阴冷，大家都冻得浑身发抖。

"手电光越来越暗，电池快要用完了，最好还是节省一下，只开一个吧，其他的都关掉。"黑井博士提议。于是，除了走在最前面的年轻人，其他人都关了手电筒，周围顿时一片漆黑，每个人都感到了不安。可一想到电池如果全部用完，在这漆黑的岩洞中后果不堪设想，也就只好极力压抑心中的不安了。

就在这时，前面又传来之前听到的诡异笑声。众人心下一惊，又不由得停下了脚步。笑声迅速靠近，与此同时，一个黑影与大家擦身而过，消失在背后的黑暗里，然后又是一阵笑声。

这莫名的诡异在黑暗中被无限放大了，大家仿佛被纠缠在噩梦里。

长绳已经放出一百六十多米了，到底还有多远才能找到宝藏？在绳子用完之前能找到吗？大家的心如同一根紧绷的弦，越来越紧。

又走了一会儿，似乎又到了一处空旷处，脚步声竟然也有了回声。在仅有的一个光柱的映照下，隐约出现了完全出乎意料的景象。原本黑黢黢的岩壁似乎变了颜色，黑暗中好像有一个庞然大物，孤零零的光圈只能不时照出一点轮廓。大家再也顾不上节约电池，六只手电筒全部打开，齐齐照向黑暗中的巨物，终于……

黄金骷髅

这处岩洞大约五米高，宽度也在五米左右，空荡荡的。由于位于岩洞深处，空气阴寒湿冷，而且似乎没有流动，让人感觉黏稠。

六个人的手电筒都对着正面岩壁。整个岩壁都闪烁着金色的光芒——这竟是一面黄金墙！整面洞壁都是黄金！

"难道这就是宝藏？"不知是谁欣喜若狂地大喊，但喊声很快就戛然而止，取而代之的是一片死寂。众人都觉得好像被黑暗中的什么东西死死盯着，只能一动不动地呆立当场。

"墙上，墙上有一双漆黑的眼睛，正盯着我们。"是小林怯生生的声音。

黄金墙上有两个黑窟窿，由于实在太大，大家一时都没反应过来是什么东西，再仔细端详，发现那确实是一双眼睛。下面本该是鼻子的位置还有一个三角形的黑窟窿，再往下竟然还有两排金牙，每颗牙齿都足有斧头那么大。

这大概就是吓死熊吉的妖怪吧。

眼睛、鼻子、嘴巴，难道整个墙面就是一张脸，一个巨大的骷髅？这大骷髅比黑井博士等人手中的黄金骷髅大了足有千倍万倍。在这巨大的黄金骷髅面前，就连身为学者的黑井博士都差点吓昏过去，也就难怪深信鬼神的渔民们将其视作妖怪了。

黑井博士实在无法想象，他的祖先是如何把这么大的一个黄金骷髅搬到如此幽深曲折的岩洞里来的。他满脸疑惑，脚下不自觉地向前靠近，手电筒的光柱在巨大的黄金骷髅上不住地扫过。松野社长和八木社长也走上前去，伸出手抚摸着黄金骷髅。

"我们的祖先一定是先将黄金运到这里，再在这岩洞里加工拼装成眼前的样子。"黑井博士的解释虽然合情合理，但他们的祖先为什么要如此大费周章地在不见天日的岩洞深处打造出这么一个巨大的黄金骷髅呢？难道仅仅是兴趣爱好？以这种匪夷所思的方式收藏黄金，实在超出常人的想象。即便有人误打误撞来到这里，看到如此怪物，第一反应肯定是调头就跑吧？事实上，那个叫熊吉的年轻渔民就是这样被吓破了胆，甚至丢了性命。

黑井博士用手指敲了敲巨大的黄金骷髅，想弄清这些黄金是如何拼装起来的。他对身旁的松野社长和八木社长说："把这些黄金拆卸下来实在不是个小工程，现在只有我们六个人，又没有合适的工具，恐怕今天只能到此为止了。"

"是啊，看来只能先出去，组织专业人员来处理了。而且还要向政府报备，并请求警方保护，毕竟四十面相也对这宝藏虎视眈眈。"松野社长表示赞同，并提出请警方保护的建议。

"我赞成你的建议，眼下也只好如此。可口说无凭，我们还是要先卸下一点黄金，带回去作为证物。"黑井博士说着在黄金骷髅的下巴上用力敲了几下。

"不管怎么说都值得庆贺。我们终于成功了。这么多黄金，换成钱的话一定是个天文数字。我得先抽根烟，休息一会儿，大家一定也累了吧？"黑井博士说着找了一处高出地面的岩石坐了下来，取出一支烟，点燃后抽了起来。其他人也各自找地方坐下来休息，有的喝水，有的抽烟。

就在大家坐下后不一会儿，怪事发生了，先是松野社长哈欠连连，接着，八木社长、小林和那两个年轻人也困倦不已，一个个很快打起了瞌睡，横七竖八地在冰冷的岩石上躺了一地。

只有黑井博士没有睡，他扔掉烟头，站起身走到同伴身边，挨个使劲儿摇着众人的肩膀，可没有一个醒来的。

突然，他放声大笑起来："喂喂，各位，你们太不像话了，怎么在这节骨眼上都睡了？现在只剩我一个人了，没有人能分享这份喜悦，实在是有些寂寞啊。不过，即便如此，我也要告诉你们一个好消息，马上就有一艘快艇从天而降，给我带来十个身强力壮的棒小伙儿。多亏了你们准备的长绳，他们控制住那几个渔民后就可以顺藤摸瓜找到这里了。到时候再把毫无还手之力的你们绑起来，所有这些黄金就都是我的了。哈哈哈……"

突然，黑暗中传出一个声音："你想独吞？想得美！只要有我在，你休想得逞！"

"谁？是谁？"

"是我！你笑得太大声了，都把我吵醒了。"说着，有人从地上爬了起来，是脸缠绷带的八木社长。

"你没喝咖啡？"

"没有，那味道实在太差了。"

途中休息时，黑井博士曾给大家喝他带来的咖啡。其实，那里面放有安眠药，刚才就是药效发作，所以大家才一个个倒下了。可六人中只有三个喝了咖啡，黑井博士、八木社长和另外一个人并没喝。

"你听到我刚才的话了？"黑井博士凶相毕露。

"听到了，一字不漏。"八木社长朝黑井博士走去，神情镇定自若。两人手上都拿着手电筒，相互照着对方的脸。

"那，你打算怎么样？是跟我合作还是跟我对着干？"

"如果我选择合作的话，你是不是就会分我一半？"

"哦，一半？如果我不同意呢？"

"别说你不同意，我也不会同意。"

"那你想怎么样？"

"这些黄金可没你的份儿。"八木社长的语气变得强硬起来。

黑井博士大吃一惊，两只眼睛眯了起来，随即凶相毕露："什么？你说没我的份儿？"

"黑井博士当然有份儿，可惜你不是黑井博士，是个冒牌货。"

原形毕露

    黑井博士与八木社长在黑暗的岩洞里怒目相向。

    "你们三人坐飞机出发后，东京的事就不知道了吧？"八木社长首先开口，缠着绷带的脸上目光锐利，"你们走后，我打电话到黑井博士家，但一直没有人接电话。慎重起见，我马上赶了过去，只见大门紧闭，洋房里静悄悄的，似乎空无一人。黑井博士不在家，这我清楚，可他女儿和那个年轻用人应该在家。于是我翻墙进屋，发现黑井博士的女儿被绑了起来，嘴里还塞着一块手帕，躺在地上。

我给她松绑后得知黑井博士在二楼，于是立即冲上二楼，发现黑井博士也被五花大绑关在壁橱里，而且似乎被灌了麻醉药。我找到他的时候，他还昏迷不醒。两个黑井博士，一个在家睡大觉，一个在骷髅岛的岩洞里做美梦，究竟谁才是真正的黑井博士？你我都心知肚明。"

"你在胡言乱语些什么？怎么可能会有这种事，实在是太离谱了！你说我不是黑井博士，那我是谁？"黑井博士咄咄逼人。

八木社长毫不惧怕，反而哈哈哈大笑起来："你是谁？你不就是四十面相吗！"

黑井博士一阵慌乱，但随即又故作镇静："证据呢？"

"你要证据？我这儿有！"话音刚落，八木社长已经探手过来，把黑井博士头上的假发套、眼镜、胡子等一股脑地拽了下来扔在地上，一张年轻的脸露了出来，"真不愧是化装高手，差点以假乱真。"

被剥去伪装的四十面相并不在乎，反而笑道：

"呵呵呵……真了不起！让我猜一猜，你……是明智小五郎吧！这种缠绷带的化装方法已经过时了，不过我想你还是自己摘下绷带，让我瞧瞧你的真面目吧。"

正如四十面相说的那样，化装成八木社长的，正是大侦探明智小五郎。

"哈哈哈……明智，好久不见。现在就算你知道了一切又能奈何我？除了你我，所有人都在熟睡，一时半会儿根本醒不过来。而且过不了多久，我的帮手就来了，而且是十个，十个身强力壮的小伙子。无论你有多大能耐，都不可能以一敌十，我还是稳操胜券，投降吧。"四十面相自以为胜券在握，揶揄着明智。

但明智似乎胸有成竹，泰然自若："你那艘快艇上只有十个手无寸铁的小子，可我的快艇上是十五个全副武装的警官，他们早已登上了这座骷髅岛。我在到达渔村之前已经电话通知了当地警署。听说要抓捕四十面相，警官们各个斗志昂扬。十五个擅长擒拿格斗的警官可不是你那些小混混能比的。说不定他们看到警方赶来，已经四散奔逃了，或者已经被警方一网打尽了。我看你才是瓮中之鳖吧。"

四十面相仍故作镇静，虚张声势："干得漂亮，不愧为日本的福尔摩斯。不过别忘了，兔子急了还咬人呢，我虽然不喜欢杀人，但要是真被逼得走投无路了，我可什么都干。现在，要么你在警方赶到之前放我走，要么咱俩同归于尽！"

四十面相突然掏出手枪，对准了明智的胸膛："快让开！不然，我可要开枪了！"

明智仍然镇定自若："虽然很抱歉，但我绝对不会放你走。"

明智的镇定愈发让四十面相怒火中烧，终于扣动了扳机。但奇怪的事，明智非但没有中弹倒地，反而畅快大笑起来。四十面相一时慌了手脚，又一连扣动了好几次扳机，仍然没有听到预想中的枪声。

"哈哈哈……看来你还是不够了解我啊。我总是提前卸下对手枪里的子弹，然后才会一决胜负。你不是说有什么东西撞了你吗？就是那个时候，我给你换了一把空枪。你那把装满子弹的枪在我这里，好了，现在你可以举起手来了吧。"明智说着也掏出一把手枪，瞄准了四十面相。

这一突如其来的变故让四十面相瞠目结舌，只得把空枪扔在地上，乖乖举起双手。只是他仍然心有不甘："撞我的是谁？"

"当然是小林啊，你竟然还没想到？"

"可恶，又是他！"四十面相火冒三丈，忍不住在洞里四处寻找。

"哈哈哈……不用找了，小林不在这儿，他也没喝你的咖啡，刚才就到洞口迎接警官去了。你就在这里乖乖等着吧，很快他就会带着警官赶到这里的。"

四十面相面如死灰，既不反抗，也不逃走。

十分钟后，一阵脚步声由远而近，十几支手电筒的光芒照得岩洞里亮如白昼，走在最前面的正是明智的得力助手小林芳雄。

四十面相连连后退，直到后背抵在了巨大的黄金骷髅上，看起来就像被黄金骷髅咬住了肩膀。

江户川乱步年谱

1894年 出生

本名平井太郎，10月21日出生于三重县名张市，为家中长子。父平井繁男，时任名贺郡官府书记员。母平井菊。

1897年 3岁

因父亲工作调动，举家搬迁至名古屋市。

1901年 7岁

4月，进入名古屋市白川寻常小学就读。

1903年 9岁

《大阪每日新闻》连载菊池幽芳的《秘密中的秘密》，母亲每晚都会念给他听，从此对侦探故事萌生了极大兴趣。

1905年　11岁

4月，进入市立第三高等小学。协助父亲采用胶版誊写版印刷和发行少年杂志。二年级时喜欢上了押川春浪的武侠冒险小说。

1907年　13岁

4月，升入爱知县立第五初级中学。读到黑岩泪香的《岩窟王》，印象特别深刻。

1908年　14岁

其父开设平井商店，主营进口机械的贸易销售，兼营外国保险代理和煤炭销售业务，并采购全套铅字，印刷和发行《中央少年》杂志。秋天，开始在学校附近租借宿舍，独立生活。

1910年　16岁

与要好同学坐船到中国的东北地区旅行。

1912年　18岁

3月，初中毕业。因喜欢出版事业，与同学到处奔走、筹备。6月，其父开设的平井商店破产倒闭。由于失去了学费来源，没有继续上高中。随父亲坐船到朝鲜马山，从事垦荒和测量工作。8月，只身赴东京勤工俭学，以优异成绩考入早稻田大学预备班，白天上学，晚上寄宿在东京都本乡汤岛天神町的云山印刷厂，逢休息日打工。12月，迁到春日町借宿，业余时间靠誊写挣钱。

1913年　19岁

春，与祖母在东京牛込喜久井町生活，重读黑岩泪香等著名作家写的侦探小说。曾计划印刷和发行《少年新闻报》。8月，预备班毕业，考入早稻田大学经济学专业学习。

1914年　20岁

春，与同学创办《白虹》杂志，利用业余时间阅读爱伦·坡、柯南·道尔等英国作家的短篇侦探小说。为了阅读侦探小说，辗转于各大图书馆，所做的笔记装订成册，称为《奇谈》。

1915年　21岁

其父回国供职于某保险公司，在牛込与全家一起生活。继续阅读外国侦探小说，并悉心研究"暗号通讯文书"的由来、规则和特点。

1916年　22岁

8月，毕业于早稻田大学经济学专业，入职大阪府贸易商加藤洋行。

1917年　23岁

5月，从加藤洋行辞职，在伊东温泉开始阅读谷崎润一郎的作品《金色之死》，执笔撰写电影评论文章。11月，入职三重县鸟羽造船厂电机部，参与内部杂志《日和》的编辑。

1918年　24岁

4月，其父再赴朝鲜工作。与鸟羽造船厂的同事组织"鸟羽故事会"，在各剧场、小学巡回。冬，在坂手村小学结识村上隆子。

1919年　25岁

辞职到东京。2月，与两个弟弟在东京本乡驹込町经营一家旧书店"三人书房"。7月，在书店二层编辑《东京PACK》杂志。11月，开设中华面馆。同年，与村上隆子成婚。

1920年　26岁

2月，入职东京市政府社会局。10月，关闭旧书店，入职大阪时事新报社，担任记者，经常与井上胜喜谈论侦探小说，开始撰写《二钱铜币》。

1921年　27岁

3月，长子平井隆太郎诞生。4月，在东京担任日本工人俱乐部书记。

1922年　28岁

8月，辞职后回到大阪府外守口町的父亲家，与父

亲一起生活。9月，《二钱铜币》《一张收据》完稿，正式
向某杂志社投稿，但未被采用。不久，改投《新青年》
杂志，经审定采用。12月，入职大桥律师事务所。

1923年　29岁

4月，《二钱铜币》在《新青年》刊载，小酒井不木
博士长文推荐。7月，《一张收据》在《新青年》刊载，
辞去大桥律师事务所工作，入职大阪每日新闻社广告部。

1924年　30岁

4月，关东大地震，全家迁回大阪。7月，在《新青
年》发表《二废人》。10月，在《新青年》发表《双生
儿》。11月底，离开大阪每日新闻社，成为职业作家。

1925年　31岁

1月，在《新青年》增刊发表《D坂杀人事件》，名
侦探明智小五郎首次登场。到名古屋拜访小酒井不木。
之后，到东京拜访森下雨村，结识《新青年》派作家。2
月，在《新青年》发表《心理测验》。3月，在《新青
年》发表《黑手组》。4月，在《新青年》发表《红色
房间》，与春日野绿、西田政治、横沟正史等作家发起
创建“侦探兴趣协会”。5月，在《新青年》发表《幽
灵》。7月，在《新青年》发表《白日梦》《戒指》。8
月，在《新青年》增刊发表《天花板上的散步者》。9

月，在《新青年》发表《一人两角》，在《苦乐》发表
《人间椅子》；其父逝世。10月，成立"新兴大众文艺
作家协会"。

1926年　32岁

发表侦探小说《噩梦塔》(直译名《幽鬼之塔》)等
多篇作品。12月，在《朝日新闻》上连载《畸心人》(直
译名《侏儒法师》)。

1927年　33岁

3月，停笔，与妻平井隆子开设"宿舍租借有限公
司"。不久，独自外出旅行，到日本海沿岸、千叶县沿
岸等地；10月，到京都、名古屋等地；11月，与小酒井
不木、国枝史郎、长谷川伸和土师清二等人创建大众文
艺民间合作组织"耽绮社"。

1928年　34岁

3月，出售早稻田大学附近的宿舍。4月，买下东京
户塚町源兵卫一七九号的房屋。同年，发表《丑角师》
(直译名《地狱丑角师》)。

1929年　35岁

1月，在《新青年》发表《噩梦》。6月，发表处
女随笔《恶魔王》(直译名《恐怖的魔王》)。8月，在
《讲谈俱乐部》连载《蜘蛛男》。

1930年　36岁

5月，改造社出版《孤岛之鬼》。7月，在《讲谈俱乐部》连载《魔术师》。9月，在《国王》连载《黄金假面》。10月，讲谈社出版《蜘蛛男》。

1931年　37岁

5月，平凡社出版《江户川乱步选集》13卷。同年，出版《迷重重》(直译名《钟塔的秘密》)、《暗黑星》和《邪与恶》(直译名《影男》)。

1932年　38岁

3月，停笔，带全家外出旅游，先后到过京都、奈良、近江等地。

1933年　39岁

1月，加入大槻宪二创建的"精神分析研究会"，每月出席例会，并为该会《精神分析杂志》撰稿。4月，长子平井隆太郎升入大阪府立第五初中学校。同年，好友山本直一辞去博物馆工作，担任江户川乱步的助手。12月，在《国王》连载《红蝎子》(直译名《红妖虫》)。

1934年　40岁

发表《恐吓信》(直译名《魔术师》)、《黑天使》和《不归路》(直译名《死亡十字路》)。

1935年　41岁

1月，平凡社陆续出版《江户川乱步杰作选》12卷。6月，春秋社出版《人间豹》。9月，编写《日本侦探小说杰作集》，由春秋社出版，并发表长篇评论文章。

1936年　42岁

1月，在《讲谈俱乐部》连载《绿衣人》；在《少年俱乐部》连载《怪盗二十面相》。5月，春秋社出版评论集《鬼的话》。12月，讲谈社出版《怪盗二十面相》。

1937年　43岁

1月，在《讲谈俱乐部》连载《噩梦塔》(直译名《幽鬼之塔》)，在《少年俱乐部》连载《少年侦探团》。战争爆发后，政府当局对于出版物的审查越来越严格，江户川乱步的所有小说被禁止出版发行，不得不停止撰写侦探小说。为了生活，江户川乱步借用别名为少年儿童撰写探险小说。后来，当局只允许江户川乱步撰写防谍反特小说，在杂志和报纸决定连载前，必须经过外交部、内务部、警视厅和宪兵机构的联合审查，达成一致意见后方可使用江户川乱步的名字刊登。由于公开抗议，被勒令停止写作，结果只写了一部小说。

1938年　44岁

1月，在《少年俱乐部》连载《妖怪博士》。3月，讲坛社出版《少年侦探团》。4月，新潮社出版《噩梦塔》。9月，新潮社出版《江户川乱步选集》10卷。

1939年　45岁

1月，在《讲谈俱乐部》连载《暗黑星》，在《少年俱乐部》连载《蒙面人》。2月，讲谈社出版《妖怪博士》。

1940年　46岁

2月，讲谈社出版《蒙面人》。7月，因心脏不适住院治疗。10月，与同人创立"大政翼赞会"。

1941年　47岁

7月，非凡阁出版《噩梦塔》。12月，任东京池袋丸山町防空会长。

1942年　48岁

任东京池袋北町会副会长，以"小松龙之介"的笔名连载《聪明的太郎》。

1943年　49岁

与著名作家井上良夫书信往来，交流对欧美侦探小说的看法。8月，开始连载科幻小说《伟大的梦》。11月，东京大学文学部在读的长子平井隆太郎被征召入伍，为其举行送别会。

1944年　50岁

出任行政监察随员助手，后在町会领导下开设军需品加工厂生产皮革制品。

1945年　51岁

4月，家属被疏散到福岛，自己则只身留在东京池袋，继续担任町会副会长。6月，因病被疏散到福岛。8月，在病床上听到裕仁天皇宣布无条件投降，平井隆太郎从土浦飞行队退役。11月，举家迁回池袋。

1946年　52岁

6月，倡议成立"侦探小说星期六研讨会"，每月开一次例会。

1947年　53岁

6月，"侦探小说星期六研讨会"更名"侦探作家俱乐部"，被选举为第一届主席。11月，到关西等地演讲，普及和推广侦探小说。没有新作问世，但旧作再版达31部。

1949年　55岁

1月，在《少年》连载《青铜怪人》。6月，再度当选侦探作家俱乐部会长。11月，光文社出版《青铜怪人》。

1950年　56岁

1月，在《少年》连载《虎牙》。3月，在《报知新闻》连载《断崖》，为战后首部短篇侦探小说。12月，光文社出版《虎牙》。

1951年　57岁

1月，在《趣味俱乐部》连载《恐怖的三角馆》，在《少年》连载《透明怪人》。5月，岩谷书店出版评论集《幻影城》。12月，光文社出版《透明怪人》。

1952年　58岁

1月，在《少年》连载《怪盗四十面相》。3月，评论集《幻影城》荣获侦探作家俱乐部授予的"第五届优秀侦探小说勋章"。7月，辞去侦探作家俱乐部会长一职，任名誉会长。12月，光文社出版《怪盗四十面相》。

1953年　59岁

1月，在《少年》连载《宇宙怪人》。12月，光文社出版《宇宙怪人》。

1954年　60岁

1月，在《少年》连载《塔上魔术师》。10月，日本侦探作家俱乐部、东京作家俱乐部和捕物作家俱乐部联合主办"江户川乱步六十大寿庆典"，会上正式设立"江户川乱步奖"。《别册宝石》第四十二期杂志作为

"江户川乱步六十周岁纪念特刊"，《侦探俱乐部》十二月号杂志也作为"乱步花甲纪念特刊"。著名作家中岛河太郎编纂和发行《江户川乱步花甲纪念文集》。11月，映阳堂出版《江户川乱步选集》10卷。12月，光文社出版《塔上魔术师》。

1955年 61岁

1月，在《趣味俱乐部》连载《影男》，在《少年》连载《海底魔术师》，在《少年俱乐部》连载《灰色巨人》。5月，举行首届"江户川乱步奖"颁奖仪式。11月，在三重县名张市举行"江户川乱步诞生地"树碑庆贺仪式。12月，光文社出版《海底魔术师》《灰色巨人》。

1956年 62岁

1月，在《少年》上连载《魔法博士》，在《少年俱乐部》上连载《黄金豹》。1月24日，"日本翻译家研究会"成立，出任研究会顾问。2月，出任"日本文艺家协会语言表述问题专业委员会"委员。4月，发表《英文翻译侦探小说短篇集》。8月，接任《宝石》杂志主编。11月，光文社出版《马戏团里的怪人》《魔法人偶》。

1957年 63岁

1月，在《少年》连载《夜光人》，在《少年俱乐部》连载《奇面城的秘密》，在《少女俱乐部》连载《塔上魔术师》。12月，光文社出版《夜光人》《奇面城的秘密》《塔上魔术师》。

1959年　65岁

1月，在《少年》连载《假面具背后的恐怖王》。11月，桃源社出版《欺诈师与空气男》，光文社出版《假面具背后的恐怖王》。

1960年　66岁

1月，在《少年》连载《带电人M》。4月，出任东都书房《日本侦探推理小说大集成》编辑委员。

1961年　67岁

4月，成为文艺家协会名誉会员。7月，出席"江户川乱步从事侦探小说创作四十周年庆典"，桃源社出版《侦探小说四十年》。10月，桃源社出版《江户川乱步全集》18卷。11月3日，荣获日本政府颁发的"紫绶褒勋章"。

1963年　69岁

1月，"日本侦探作家俱乐部"升格为社团法人"日本推理作家协会"，被一致推选为第一届理事长。8月，再次当选，坚辞不受，亲自提名松本清张接任第二届理事长。

1965年　71岁

7月28日，突发脑出血逝世，戒名智胜院幻城乱步居士。获赠正五位勋三等瑞宝章。8月1日，在青山葬仪所举行日本推理作家协会葬，墓所位于多摩灵园。

译后记

我1981年8月考入宝钢翻译科从事翻译工作，1982年初开始从事日本文学翻译，1983年2月首次发表日本文学译作。四十余年来，我一直致力于中日民间文化交流，尤其是翻译了日本推理文学鼻祖江户川乱步的作品全集，由衷地感到欣慰和满足。

《江户川乱步全集》共46册，数百万言，历经数个寒暑才翻译完成。回首往事，第一天坐在桌案前写下第一行译文的情景仍历历在目。为了解江户川乱步的创作思想、创作背景和准确把握作品的神韵，除反复阅读其所有小说作品外，我还遍览《侦探推理文学四十年》《乱步公开的隐私》《幻影城主》《奇特的立意》和《海外侦探推理文学作家和作品》等乱步的随笔和评论集。并专程去了坐落在东京丰岛区池袋的江户川乱步故居考察，到日本国家图书馆查阅了有关江户川乱步的许多资料。

为了让更多的人了解江户川乱步，我在《新民晚报》先后发表了《江户川乱步，日本侦探推理文学的先驱》《日本的福尔摩斯》《江户川乱步的起步》《徜徉少年大侦探系列》《徜徉青年大侦探系列》，接受了腾讯视频、东方电视台、《上海翻译家报》、沪江网、日语界以及日本青森电视台、《东粤日报》、《朝日新闻》、《产经新闻》、《中日新闻》的相关采访。

鲁迅说："伟大的成绩和辛勤劳动是成正比的，有一分劳动就有一分收获。日积月累，从少到多，奇迹就可以创造出来。"我历经数年辛劳翻译的这版《江户川乱步全集》，2004年4月被乱步故里日本名张市政府收藏，2020年10月又被日本驻上海总领事馆收藏，并荣获国际亚太地区出版联合会

APPA翻译金奖，其中的"少年侦探团系列"荣获国家新闻出版总署优秀少儿图书三等奖。

江户川乱步可以说是日本推理文学的代名词，江户川乱步奖是推动日本推理文学作家辈出的巨大动力，《江户川乱步全集》是世界侦探推理文学的瑰宝。希望通过这套《江户川乱步全集》，可以让更多的读者共同享受推理文学的乐趣。

2021年元旦于上海虹桥东华美寓所